CIAO
connard

FLORIAN EGLIN

CIAO connard

UN CONTE QUI DÉCOMPTE

La Grande Ourse

Éditions de la Grande Ourse
39, rue Cortambert, 75116 Paris
www.editionsdelagrandeourse.com
ISBN 979-10-91416-44-3

Ce petit livre douteux est dédié
à celui qui, à son insu,
a permis que tout commençât,
cet alter ego en pensées :
Hank Moody.
Sans son exemple californien et déglingué,
mon blog n'aurait jamais vu le jour.
Ce conte qui décompte est aussi dédié
à cet enfant alors à venir
qui mûrissait en mon épouse
tandis que je l'écrivais.
Niki, cette nouvelle petite vie,
fragile et merveilleuse
entre nos mains.

« Holmes, mais que… ?!
– Watson ! Fermez les rideaux pour l'amour du ciel !
– …
– Avez-vous encore des patients ?
– Non. Ma journée est terminée et…
– Parfait !
– Mais que craignez-vous donc Holmes ?
– Mais qu'il me retrouve !!!
– Qui ça ?
– Et qu'il me tue ! Car le premier de nous deux à baisser sa garde est mort !
– Mais de qui parlez-vous donc Holmes ?!?
– De Moriarty bien sûr ! De qui d'autre voulez-vous qu'il s'agisse ?!?
– Mais… Moriarty est mort !!!
– Mort !! Comme vous y allez ! Il n'a au contraire jamais été aussi vivant et malfaisant qu'aujourd'hui !!!
– Mais enfin ! Vous l'avez tué il y a deux ans et demi.
– Hin ! Hin ! C'est cela oui ! Je l'ai tué !!! »

Michael Dibdin, Jules Stromboni, Olivier Cotte
L'Ultime Défi de Sherlock Holmes
Casterman, 2010.

« [...] quand je contemplai dans le miroir cette monstrueuse idole, je n'eus conscience d'aucune répugnance, mais plutôt mon cœur bondit vers elle. En somme, elle était moi-même et elle m'apparaissait comme naturelle et humaine. À mes yeux, elle représentait une image plus vivante de l'âme, elle me semblait plus directe et plus simple que l'être imparfait, divisé et inaccompli que j'étais accoutumé jusqu'alors d'appeler mon moi et, à cet égard, j'avais sans aucun doute raison. »

Robert Louis Stevenson

L'Étrange Cas du Dr Jekyll et de M. Hyde,
trad. Charles-Albert Reichen.
La Guilde du Livre de Lausanne, 1947.

I

Hors-d'œuvre, servi façon hussarde

Bien des années après, quand ce connard a planté un stylo-plume décoré de chrysanthèmes et de paulownias profond dans mon ventre, j'ai compris qu'il irait jusqu'au bout, avec méthode, avec passion.

Moi, j'ai essayé de faire comme si de rien n'était, genre, le Sioux qui se moque de son bourreau, mais je n'y suis pas parvenu. J'ai eu beau serrer dur les dents et tenter de penser à autre chose, une plainte m'a échappé. J'aurais aimé que ce soit un grognement, un truc de costaud, un truc de mec auquel on ne la fait pas, mais c'était bel et bien une plainte. C'était même un geignement.

Lui, il a ricané. Sans me regarder, affairé sur mon bide, il a ricané avec ses épaules toutes secouées de cette gaieté noire qui l'animait comme un brasier. Puis, il a continué sur sa lancée. D'un beau geste, puissant, déterminé, mais avec une sacrée grimace quand même, c'est qu'il fallait vachement forcer, un stylo-plume, a priori, ce n'est pas fait pour ça, taillader la panse d'un type, il m'a déchiré l'abdomen à grands coups de poignets saccadés, comme ça, en travers, sur toute sa largeur.

Vu qu'il y avait des chrysanthèmes et des paulownias dessus, j'ai pensé que c'était sans doute un stylo japonais. Ils s'y entendent ces gens, en écriture et machins tranchants de toutes sortes. Ensuite, ce premier forfait accompli, il a plongé ses mains à l'intérieur de moi pour en accomplir un deuxième aussitôt : retirer mes entrailles toutes chaudes et les flanquer sans ménagement sur une table de cuisine, juste devant moi.

Peut-être une façon subtile de me narguer.

Là, comme s'il avait marqué un point crucial, il m'a dévisagé un bon moment, droit en face, sans ciller, les yeux dans les yeux et tout le tremblement. En même temps, il s'est essuyé les mains. Il a fait ça lentement. Il a fait ça méticuleusement. Puis, tout doucement, presque tendrement, il a fredonné une chanson. C'était *« We Have All the Time in the World »*, de Louis Armstrong, *Every step of the way will find us with the cares of the world far behind us* et patati et patata. Tout concentré sur son curetage, en s'appliquant sur la base de ses ongles, il y avait un peu de sang sous la peau, c'est le petit récital solo auquel il s'est livré pour moi.

Quand ses mains elles ont été bien propres, avec un beau mouchoir en tissu blanc qu'il a déployé en le faisant claquer, altier, il a soigneusement essuyé son stylo-plume en sifflotant, une arme efficace, mais sans doute improvisée. Pourtant, est-ce qu'on s'improvise écrivain, ou même bourreau ? L'un comme l'autre, ce sont au contraire de sacrées vocations, des apostolats auxquels il est impossible de dire non lorsqu'ils frappent à la porte de notre âme en habits du dimanche, chapeau à la main et sourire de vainqueur à même la poire.

Son outil de travail nettoyé, comme si c'était un membre de la famille dont il fallait prendre particulièrement soin, il l'a rebouché avec tendresse. Il s'est approché de la table avec mes viscères sur lesquels de grandes taches d'encre violette formaient des fleurs compliquées, sortes de tests de Rorschach en attente d'un lecteur qui n'aurait pas froid aux yeux.

La laque noire mouchetée de dorures du stylo-plume brillait, obscure et étincelante à la fois. Il semblait être une sorte de joyau oblong et hiératique. Un joyau chargé d'un pouvoir sombre, fascinant, énigmatique. Il semblait être un objet de pouvoir ancien, une relique terrible et fabuleuse, une relique qui s'emparerait corps et âme, voracement, de celui qui voudrait mettre la main dessus pour oser s'en servir. Ce dernier, soudain asservi, ne ferait au contraire que le servir, ce joyau, ce joli stylo-plume inquiétant.

Nonobstant ces considérations, ce connard qui entendait me torturer, il a pris son temps pour poser son instrument à côté de mes boyaux. En le regardant faire, on voyait tout de suite que les questions qui touchaient à l'ordre, ça le concernait de près, ça le travaillait au corps. À la fin, il ne sifflait plus. Le front plissé, il semblait presque angoissé de ne pas trouver la bonne position pour son stylo, la position exacte. Je me suis rappelé qu'il souffrait de TOC et alors, sans m'apitoyer sur son sort, je me suis dit, chacun ses problèmes. À lui les troubles du comportement, à moi l'éviscération.

Ensuite, il s'est approché de moi, tout près, et il m'a tamponné le front avec sa pochette qu'il avait sortie d'un geste théâtral de son costume, un Prince de Galles à liséré bleu clair taillé sur mesure qui lui allait comme un gant, à ce connard. Voilà à quoi j'ai pensé, moi, avec mon bide ouvert et mes intestins hors de mon corps, plus ou moins six mètres de bidoche en train de dégager des fumerolles dans l'air frais de cette petite bibliothèque en sous-sol, peut-être le trente-sixième.

Mes tripes à nu, je les ai contemplées sans passion excessive. On aurait dit une grosse pieuvre blanchâtre tachée de volutes bleues, décontenancée par la tournure des événements, plutôt brutale, plutôt surprenante, pas à son avantage, quoi.

– Alors, il a demandé soudain avec sa bouche tout contre mon oreille, on continue ?

II

Où l'on se fait des promesses, des promesses qu'on ne tiendra peut-être pas

Ainsi asticoté, j'ai su prendre sur moi. Quelque part, on peut dire que j'ai fait preuve d'une certaine fierté.

– Oui, on continue, je peux tenir toute la nuit comme ça, c'est pas un problème pour moi. Tu peux y aller franco.

C'est ce que je lui ai répondu d'une voix crâne, d'une voix qui ne tremblait pas trop. Ensuite, j'ai repris mon souffle. Quand même, ça me faisait un mal de chien, les boyaux à tout vent, les boyaux, pour ainsi dire, hors contexte. J'ai regardé la peau de mon ventre qui pendait jusqu'à mes genoux comme un tablier de cuisine un peu style art brut, avec du sang poisseux dégoulinant tout autour en de grosses traînées qui formaient comme des signes impossibles à décoder. Paradoxalement, de voir ça, ce chenil, dans quel état j'étais, ça m'a soudain tout galvanisé.

Alors, le menton haut, j'ai continué à faire le kakou.

– Et toi, tu peux tenir toute la nuit ? Est-ce que tu le peux ? je lui ai demandé en le regardant bien en face à mon tour.

Histoire de faire comme si de rien n'était, en mon for intérieur, là, au moins, ses pognes, il ne pourrait pas les foutre, c'est du moins ce que je croyais, j'ai pensé cette fois à des trucs de samouraï. J'avais lu pas mal de livres à ce sujet, comme le *Traité des cinq roues* ou *la Pierre et le sabre*. Mais lui, tranquillement, il a mis les mains dans les poches et il a rigolé de bon cœur en balançant son corps d'avant en arrière.

C'était pas un rire joli à entendre. Il faisait comme des morceaux de métal rugueux qu'on aurait frottés les uns contre les autres avec une méchanceté drôle chevillée à l'âme. Et puis surtout, il a duré très longtemps, ce rire, comme si, lui, il n'avait pas besoin de reprendre son souffle, comme si, lui, la respiration, c'était anecdotique. À la fin, son hilarité mauvaise, ce n'était plus qu'une sorte de râle rauque.

– Je suis content que tu prennes toute cette histoire comme ça, vraiment. Tu fais plaisir à entendre. Bien sûr, ça ne va faciliter la tâche à personne, surtout pas à toi, mais au moins, on tire tous les deux sur la même corde, on va dans le même sens. C'est déjà ça de gagné.

Quand il a parlé de corde, avec inquiétude, j'ai tout de suite regardé mes intestins sur la table et je me suis demandé ce qu'il allait en faire. Peut-être les dérouler et s'en servir pour faire des jeux de ficelle avec, comme les moustaches du capitaine ou le nœud magique. Tout de suite, il a eu un geste rassurant de la main. Sur son visage, il a même fait le coup de la moue apaisante avec la bouche en cul de poule.

– Non, non, chaque chose en son temps, tes viscères, on les garde pour le dénouement, il a dit, et fais-moi confiance, il n'y aura pas de *Deus ex machina* pour venir te tirer d'affaire. Tu peux te consoler en te disant que, désormais, tu n'auras plus jamais la boule au ventre avant une lecture ou une émission.

Il est passé derrière moi en fredonnant de nouveau sa chanson à la con. Là, je me suis souvenu de quoi il s'agissait, cette ritournelle. Comme la douleur montait à nouveau, en de petites décharges sèches, dures, la peur aussi, pour tenir, je me suis accroché à ce souvenir, quelques instants, de mon mieux.

C'était celle du James Bond avec l'acteur australien dedans, George Lazenby, cet ancien mannequin qui n'avait joué que dans un film, sans doute le meilleur de tous. En tout cas moi, c'était mon préféré. Avec mon épouse, pelotonnés sur le canapé, on le regardait régulièrement. Dedans, James Bond se marie, mais sa chérie, celle qui avait joué dans *Chapeau melon et bottes de cuir*, elle meurt à la fin. Elle se prend une volée de balles tirée par la méchante avec la coupe au carré et l'air tout le temps fâché tout rouge. Pour Bond, c'était ils se marièrent, mais ne vécurent pas heureux, et n'eurent aucun enfant.

À ce moment-là, j'eus l'impression que l'espace se contractait tout entier. Tout se resserrait autour de moi. Je me sentis comprimé, écrasé par une force qui me dépassait, une force qui me pressait de tous les côtés à la fois. Et, au loin, et, ailleurs, je crus entendre comme un cri d'une puissance sans pareille. Un cri de douleur et d'attente qui transperçait les dimensions. Un cri primal.

Tandis que je reprenais mon souffle, j'ai soudain perçu des bruits métalliques, des trucs qui tintinnabulaient et qui raclaient longuement le sol en un inquiétant chambard. J'ai arrêté de penser au film ou à cette surprenante sensation, ce n'était plus possible, et j'ai recommencé à transpirer, à grandes eaux. Pour me changer les idées, j'ai plutôt essayé de me concentrer sur le sapin de Noël de belle envergure qui était posé dans un coin, la pointe un peu pliée contre le plafond, mais rapidement, j'ai été incapable d'empêcher la souffrance et la pétoche de prendre le contrôle.

Faire le Sioux ou le samouraï jusqu'au bout, visiblement, ce n'est pas donné à tout le monde, il faut du talent et de la persévérance pour ça. Peut-être que je manquais de l'un comme de l'autre.

Peu à peu, je me suis mis à trembler de la tête aux pieds. Sporadiquement. Violemment. Cependant, lui, toujours derrière moi, il continuait son gymkhana invisible, avec ces foutus bruits de métal, qui se répercutaient, en un écho lancinant, aussi sourd que, sordide.

– Chut, chut, allons, allons, il murmurait de temps en temps avec une drôle de douceur, une douceur un peu sirupeuse avec de la violence dessous posée en strates dures, indigestes lasagnes que voilà.

Cependant, au ton de sa voix, elle semblait venir de drôlement loin, elle résonnait, comme si cette petite pièce pleine de livres était beaucoup plus grande, plus profonde que je ne le croyais, je sentais bien qu'il ne pensait pas vraiment, voire pas du tout, à ce qu'il disait.

Je sentais bien que son esprit était tout accaparé par des choses pas très joyeuses, des choses pas très joyeuses réalisées à mon endroit, et pas n'importe quel endroit, hélas une question de point de vue, une question de focalisation même, j'ai pensé, espérant que l'emploi d'un lexique choisi m'aiderait peut-être à prendre toute cette histoire avec des pincettes de circonstance, mais que dalle.

Je sentais bien, pas de doute, qu'il ruminait toute une série de possibilités étranges accomplies, ou plutôt exécutées, à mon corps défendant, enfin, vu que j'étais attaché serré un max avec des nœuds salement techniques, mon corps tant bien que mal défendant.

Mon corps, pauvre de moi, il allait tomber dessus à bras de plus en plus raccourcis, je pouvais mettre sans autre un billet dessus.

III

Mettre le couvert, avec art, avec doigté,
mais sans prendre de gants pour autant,
car il faut un équilibre en toutes choses

Soudain, il s'est pointé tout près de moi. À la main, il tenait une potence d'hôpital, ce truc dont les roulettes se coincent tout le temps et qui ne roule jamais droit avec des sachets transparents qui ballotent dessus. Elle était chromée et rutilante, sans doute un modèle haut de gamme. Il a posé la main sur mon épaule et il l'a tapotée, paternel, un rôle qui lui seyait en l'occurrence assez mal.

– Tu vois, il y a tout. Tu n'as aucun souci à te faire. Je vais prendre soin de toi, on va pouvoir faire durer le plaisir jusqu'au bout. J'ai un ami qui travaille dans une clinique privée qui a très bonne réputation. Elle a pignon sur rue en Suisse, tu vois un peu. Tu peux d'ailleurs le remercier…

Là, il a attendu comme si effectivement il fallait que je remercie le couillon auquel je devais ce porte-perfusion de merde avec ses poches pleines de liquide de merde qui pendaient au-dessus de ma tête comme des machins de

Damoclès liquides de merde. Je l'ai regardé, par en dessous, genre tu te fous de ma gueule ? Il m'a regardé, par en dessus, genre tes parents ne t'ont pas éduqué ? Étant donné que je ne disais toujours rien, il a fixé ses ongles un moment avec de nouveau la bouche en cul de poule en faisant « tut, tut, tut » sur un rythme assez agaçant.

– Tu sais, il a déclaré en frottant le bout de sa manche contre le saphir de sa montre avec beaucoup d'attention, les choses pourraient se passer de manière, comment dire, bien moins clinique. Même si tu n'as pas l'air de t'en rendre compte, je prends des pincettes avec toi. Je dirais même plus, je ménage la chèvre et le chou, sachant, en l'occurrence, que je suis la chèvre et que tu es le chou. Alors je trouve que tu pourrais faire un effort, y mettre du tien, ce serait la moindre des choses.

Moi, de mon mieux, vu que j'étais attaché et qu'il me narguait de toute sa morgue, je l'ai toisé. Toiser un mec, c'est surtout une question d'intention, d'intensité dans le regard. Il faut donner tout ce qu'on a sans chercher à en garder sous la pédale et, intérieurement, clouer le gars comme un papillon dont on veut la peau, un *Acherontia atropos* par exemple, le fameux Sphinx tête de mort, il faut épingler le mec avec plein de petites aiguilles précisément plantées, comme pour une séance d'acupuncture qu'on voudrait fatale, puis le mettre sous verre, presto avec tout plein de gestes fulgurants des doigts. Ensuite, confortablement posé dans un fauteuil club sur une véranda, on boit un verre de schnaps en jubilant de cette victoire acquise de haute lutte.

– Les remerciements, j'ai répondu après un petit moment, c'est *in petto* que je les ai faits.

– Ah, dans ce cas, au temps pour moi, il a rétorqué, ravi, c'est même tout à ton honneur.

Aussitôt, il a arrêté son truc énervant avec les ongles et la bouche. Ensuite, comme pour manifester son désir de revenir aux choses sérieuses, il a tapé dans les mains avec un bel entrain et il m'a pincé la joue affectueusement.

– Bon, bon. Donc, ce que tu vois là, c'est une solution pour t'hydrater pendant qu'on travaille, du NaCl à 0,9%. Avec ça, on peut tenir un moment tranquillement. Comme tes tripes sont à l'air, on a plus ou moins six heures devant nous. Il y a aussi des stimulants variés, un soupçon d'opium, les Chinois en utilisent pour le supplice des cent morceaux, le *linghi,* et du sang en suffisance, du O négatif, comme ça, si tu fais un malaise, on est prêt à tout. Bouge pas, enfin, on se comprend, je sais que tu ne peux pas bouger, je vais te mettre tout ça en place et on est partis ! Allez, je plante l'aiguille, attention, ça va piquer un peu !

IV

Au cœur des choses, des choses noires
à marquer d'un carré blanc

Il s'est mis en face de moi et m'a caressé le front. Il respirait bruyamment, comme si quelque chose de très puissant était sur le point de le submerger, de le noyer, et qu'il luttait contre avec angoisse, avec terreur. Du pouce, en appuyant fort, méthodique et acharné à la fois, il a étalé la transpiration sporadiquement sur mon visage.

Soudain, à une vitesse folle, le bras tout raide et le regard tout fixe, il m'a giflé à la volée. Il a recommencé immédiatement après. Une bonne douzaine de fois, en de grands coups droits décroisés très violents, il m'a giflé à fond. Tandis que ma tête était secouée de ces mandales forcenées qu'il me décochait à bout portant comme autant de volées tapées derrière le filet, je me disais un truc bizarre. Je me disais, ces gnons qu'il m'assène, en même temps ça le soulage et en même temps ça l'accable. Mais, lui, ce taré, sans me laisser l'occasion d'aborder le sujet, de lui suggérer des pistes ou de lui murmurer que j'avais compris, que je voyais où il voulait en venir, car moi, c'était la même chose, forcément, inévitablement, un air ému sur son visage, un air bouleversé même, il s'est arrêté aussi brusquement qu'il avait commencé.

Anxieux, comme il l'avait fait avec le mien auparavant, il s'est tamponné le front avec sa pochette. Minutieux, il s'est à nouveau essuyé les mains. Puis, au contraire pas minutieux, il a jeté sa pochette dans un coin. Un geste inattendu de sa part. C'était presque effrayant. C'était comme si une folie irrépressible le gagnait peu à peu. C'est vrai qu'à force de s'essuyer avec, elle n'était plus très propre. Après, précieux, comme en représentation, il a posé la main sur sa poitrine et il s'est tapoté le sternum sur un rythme free jazz assez énervant. Moi Sun Ra et consort, c'est pas trop trop ma *cup of tea.* Il semblait hésiter, tergiverser.

Tout à coup extatique, possédé, comme cédant à l'irrésistible impulsion d'une vague venue de plus loin encore, une lame de fond venue du grand large, un putain de retour du refoulé qu'il couvait depuis tout petit sans doute, il a de nouveau plongé les mains dans mon ventre. Là, alors que je chavirais sous cette étrange insulte, cet outrage hors normes, les yeux quasi révulsés, il a caressé mes organes lentement. Murmurant une mélopée sourde, une mélopée noire, de l'hyperboréen, cette langue maudite et ancienne, expert et béat à la fois, il a massé mon foie, il a massé mon pancréas, il a massé mon estomac.

Après quelques minutes de cette peu commune masturbation, rasséréné par ces immondes, mais capiteux, attouchements auxquels il s'était sans précaution aucune livré à l'intérieur de moi, il a frotté copieusement ses paumes sur son visage, puis sur le mien. Il appuyait si fort que les muscles de ses bras tremblaient, comme s'il cherchait à imprimer en moi quelque chose qui aurait eu du sens, un message, un décret, une profession de foi. Il faisait ça de la manière à la fois soigneuse et frénétique qui lui était, si je puis dire, propre.

Ainsi, il nous couvrit tous deux de mon sang.

Enfin, à la fois apaisé et assouvi, moi j'ai pensé, c'est pas trop tôt, il a dégluti, puis avalé avec difficulté, comme si, malgré tout ce bazar salissant, un truc lui restait néanmoins en travers de la gorge, un bonbon un peu gros, un bonbon de trois couleurs qu'il aurait dû sucer au lieu de l'avaler tout de suite comme un con, ce connard qui n'y allait pas de main morte.

V

Entremets bien frais, juste ce qu'il faut

– Ce n'est pas toujours facile, m'a-t-il franchement déclaré sur le ton de la confidence, avec mon sang plein partout sur la gueule qui lui faisait comme un masque rouge, impénétrable et luisant à même la peau.

– Visiblement pas, je lui ai répondu, essoufflé, frémissant d'une rage vaine, mais pas sans objet.

– Parfois, j'ai l'impression de marcher en permanence sur des œufs. J'ai l'impression qu'un autre est toujours à me surveiller, narquois, pour me juger, pour me dire « fais ci » ou « fais ça », pour me faire « non, non » avec le doigt qui fait tic tac tic tac devant le visage. C'est une sensation à la fois humiliante et irritante que je ne souhaite à personne, j'aimerais que tu le saches.

– Il y a pire, comme sensation, j'ai rétorqué avec mon bide ouvert sur mes organes fraîchement massés à la californienne.

Là, il a pris son temps pour me répondre, comme si ce que je venais de lui dire méritait réflexion, comme si ce n'était pas une évidence.

– Non, il m'a fait les mains sur les hanches et mon sang toujours en couches épaisses sur sa tronche. Non, il n'y a pas pire, comme sensation, parce que cet autre qui me guette, à l'affût derrière de hauts fourrés de papier, cet autre qui prend des notes dans un calepin à petits carreaux avec des airs critiques et hautains, c'est moi. Tu comprends ?

– Ah bon, le mec derrière les hauts fourrés de papiers, ce n'est pas moi ?

– Non, je viens de te le dire, c'est moi, rétorqua-t-il, agacé.

– Alors, j'ai continué du tac au tac, c'est « Je est un autre », cette vieille rengaine, ce truc réchauffé. C'est là que tu veux en venir, vraiment ?

C'est ce que je lui ai répondu. Une tactique pas forcément très maligne qui manquait singulièrement de sagacité. J'aurais peut-être au contraire dû tenter de le calmer, de le caresser dans le sens du poil, de noyer le poisson en abondant dans son sens, « mais oui, c'est toi, ce mec derrière ces hauts fourrés de papier, mais oui, c'est toi, ce mec qui prend des notes, pas de doute sur ce point-là. »

Et puis un insurmontable accès de nausée s'est à nouveau emparé de moi. Le contrecoup de ces caresses organiques qu'il m'avait infligées avec un douteux emballement. Alors je me suis mis à vomir tout ce que j'avais dans l'estomac. Il faut dire qu'il avait spécialement insisté dessus, avec de drôles de mouvements de va-et-vient. Comme si sa forme l'enthousiasmait, il avait longuement laissé aller ses mains tout du long, de l'œsophage au duodénum, aller-retour, zim et zoum.

Dégobiller tout mon content, ça m'a fait du bien. Ça m'a remis les idées en place. Des fois, il faut que ça sorte. Soudain, bêtement, j'ai pensé à l'expression consacrée et je me suis dit que, vomir tripes et boyaux, dans mon cas, c'était râpé, parce que tout ce commerce était à l'extérieur de moi, depuis le début, depuis l'incipit. À cette idée, j'ai rigolé, comme un con, tout seul. Tandis que je me marrais, lui, toujours avec les mains sur les hanches, toujours avec mon sang qui séchait, de plus en plus foncé, sur son visage qui prenait ainsi des allures d'idole terrible et vengeresse faite de terre autrefois cuite à la chaleur d'un feu alimenté de corps fraîchement équarris à la lettre près, il m'a regardé comme si j'étais devenu fou.

– Je comprends mieux, oui, j'ai fini enfin par rétorquer en ricanant, je comprends mieux, c'est toi.

– Alors nous sommes sur la même longueur d'onde, mon vieux, et ça me touche, ça ne me laisse pas indifférent. Je vais même te dire, tu n'es pas comme les autres, mais ça, en fait, c'est entièrement normal que tu ne sois pas comme les autres. Tu es le point d'orgue, la clef de voûte, l'épicentre. Pour ne rien te cacher, tu es même l'alpha et l'oméga de toute cette histoire.

– Les autres, j'ai répété, un peu benoîtement, en ne m'arrêtant pas sur les détails musicaux, architecturaux, géologiques ou scolastiques qu'il laissait entendre d'un air fin, voire d'un air franchement à deux airs.

Il m'a adressé un clin d'œil appuyé, complice et tout, du style tous les deux, on se comprend encore mieux qu'à demi-mot puisqu'au fond on ne se dit rien, et il a désigné des livres dans cette bibliothèque bien fournie qui nous entourait.

Il a fait quelques pas tranquilles, presque dansants, en direction des rayonnages et, lorsqu'il laissa traîner un doigt rêveur le long des dos rouges, ocre et bleu de méthylène avec de longs titres dessus, j'ai soudain eu une vision très brusque de milliers de corps entassés, comme au moment du grand rangement après un génocide bien organisé, un génocide quasi tip top qui se serait déroulé sans accroc notable au sein de grands espaces verts sympas où, en temps normal, on aurait pique-niqué pépère, mais hélas entourés de hauts barbelés, parce que parfois, quand on veut aller au bout des choses, de drôles de choses, il faut savoir imposer sa vision et savoir écrire ce qui y est.

Ensuite, il a eu un geste qui signifiait, en gros, on fait ce qu'on peut, c'est à dire pas grand-chose, face aux démons, style Pazuzu, qui, eux, contrairement aux apostolats, s'emparent de nous sans forcément frapper à la porte avant. Un geste à vrai dire un peu compliqué à expliquer en détail, mais dont le sens était néanmoins très clair.

Ce connard, c'était certes loin d'être une surprise, malgré son costume sur mesure très smart, il ne vivait que pour céder à ses pulsions les plus noires et les plus passionnées.

Un drôle de cocktail sans olives ou zeste de citron dedans.

VI

Certes, sans aller jusqu'à confesse, parfois,
avant d'attaquer le plat de résistance,
il faut que certaines choses soient dites

Plein d'un bel entrain, visiblement, il connaissait la table des matières par cœur et se réjouissait beaucoup de la suite du menu, il a enlevé sa veste pour la poser, impeccable, après l'avoir soigneusement pliée à l'envers, sur le dossier de la chaise.

Un ouvrier qui aime le travail bien fait évite, mordicus, de se salir les vêtements, le refrain m'était familier. Mon grand-père, un marchand d'armes pas toujours débonnaire, me le répétait souvent. Ou peut-être que c'était sa manière à lui de faire durer le plaisir, de faire monter la mayonnaise, un exercice de vigueur et de persévérance dont la réussite, pourvu qu'elle soit éclatante, réside dans le tour de poignet. Ce refrain-là, on me l'avait braillé tout aussi fort que l'autre, je le tenais de ma grand-mère.

Ensuite, il a ôté ses boutons de manchette et les a posés bien côte à côte sur le bord de la table, à une distance respectable de mes intestins fleuris de ces grandes taches d'encre violette en attente de lecture. J'ai d'ailleurs remarqué qu'ils fumaient moins, mes boyaux, et je me suis demandé si c'était bon signe ou pas, mais lui, c'était d'autres sujets d'intérêt qui le turlupinaient grave, des sujets d'ordre vestimentaire.

– Ce sont des Paul Smith, une édition limitée, je les aime beaucoup ces boutons de manchette, je me les suis offerts pour mon mariage.

– Je sais. J'ai les mêmes. Je dois reconnaître que ça m'a toujours paru à la fois peu vraisemblable et parfaitement évident, ton mariage, j'ai beaucoup hésité. Tu as un petit je-ne-sais-quoi de loup solitaire. Tu fais un tantinet prédateur qui rôde la nuit, les babines luisantes. Enfin, tu vois le tableau. Parce que tu aurais tout aussi bien pu être un séducteur pénible et forcené, un Casanova postmoderne, voire postcontemporain.

– Comme quoi, il ne faut pas se fier aux apparences, c'est toujours trompeur, les apparences, et j'aime autant te dire que mon épouse aime beaucoup ce que je fais, voilà.

– Qui se ressemble s'assemble, j'y ai pris garde, mon vieux, j'ai persifflé, pour le coup sardonique et vachement sûr de moi.

– Oh que non, il m'a rétorqué, un doigt levé bien droit, oh que non, malgré tout ce que tu crois savoir dans ton délire omnipotent, tu te trompes. En l'occurrence, nous, le proverbe qui s'applique à notre cas, c'est : les contraires s'attirent.

– Ah, mes excuses, c'est bon à savoir, j'ai fait, laconique et soudain obnubilé par le spectacle incongru de cet index sans la moindre trace de sang dessus, un véritable tour de force au vu de la situation dans laquelle nous étions, lui et moi, tranquillement plongés jusqu'aux coudes.

Après, j'ai continué à parler famille. Ce n'était pas une manière de gagner du temps, je savais depuis l'avant-propos de toute cette histoire qu'il ne me détacherait pas, je savais qu'il réciterait sa folie furieuse jusqu'au bout, funeste déclamation, avec mon corps pour canevas. Néanmoins, d'une certaine façon, maintenant que nous étions à stylo-plume tiré pour de bon, je trouvais que nous étions plus intimes, on pouvait se dire des choses, enfin, deux ou trois choses en tout cas. C'était même l'occasion ou jamais.

– Moi aussi, je suis marié, j'ai dit doucement.

– Je sais bien, il m'a répondu. Deux enfants, c'est ça ?

– Oui, bientôt trois. La plus petite des grandes familles, comme on dit souvent.

À ce moment-là, j'eus l'impression que l'espace se contractait tout entier. Tout se resserrait autour de moi. Je me sentis comprimé, écrasé par une force qui me dépassait, une force qui me pressait de tous les côtés à la fois. Et, au loin, et, ailleurs, je crus entendre comme un cri d'une puissance sans pareille. Un cri de douleur et d'attente qui transperçait les dimensions. Un cri primal.

Mais lui, de manière inattendue, sans se faire plus de souci que ça, son regard est parti un peu dans le vague. Aux lèvres, il avait un petit sourire doux, ce petit sourire exaspérant du père à la fois concerné, bienveillant et complètement dans le coup. Ce père qui maîtrise facile, voire *easy*, couches, chauffe-biberons et qui endort bébé d'un claquement de doigts tout en servant en douce un petit verre à son épouse et en réglant toutes les factures d'un coup de baguette qu'on pourrait croire foutrement magique tant elle est efficace.

– Ah, les enfants, c'est quelque chose, quand même, il a dit en hochant la tête, l'œil humide, ça vous change la vie. Soudain, une nouvelle personne est là. Soudain, on est parents pour toujours, *ad vitam aeternam*, tac !

– Oui, les enfants, c'est quelque chose, j'ai répondu en hochant aussi la tête mais sans ajouter « tac » ou une citation snob en latin, avec, pour ma part, le sourire du père qui fait de son mieux, mais qui n'y arrive pas toujours, oh non. Parce que lui, de baguette foutrement magique, il n'en a pas ou alors il n'y pas compris comment elle fonctionne, il ne connaît pas la bonne formule.

– Moi, j'ai continué, à la naissance de ma fille, c'est comme si on m'avait retourné. C'est comme si on m'avait démantelé, détruit et puis reconstruit autrement, très vite. En un instant, j'ai été reprogrammé. J'avais la peau de son tout petit corps contre la mienne. Je n'arrêtais pas de pleurer. C'était irrépressible, insoutenable, fabuleux. Je n'ai jamais connu de sentiment plus puissant et, sans doute, je ne connaîtrai jamais de sentiment plus puissant.

Tous les deux, on est restés comme ça un moment en silence. Peut-être étions-nous en train de méditer sur le fait que donner la vie, c'est donner la mort aussi. En effet, au bout du compte, même si on contracte toutes les assurances possibles et imaginables avec un blaireau en cravate rayée, au visage lisse et au sourire entendu qui campe dans la cuisine les jambes écartées comme s'il était chez lui à boire café sur café jusqu'à ce qu'on ait lâchement signé tous les papiers, on peut tabler sur peu de certitudes.

– Moi, j'ai repris, en fait, c'est ça que je voulais te dire, mon épouse, elle est enceinte. C'est d'ailleurs pour tout bientôt, mais contrairement à la tienne, elle n'aime pas toujours ce que je fais.

– Je sais, il m'a répondu en me glissant un regard rapide par en dessous, je sais bien.

À ces mots, j'ai fait un truc avec le visage, un truc qui m'a complètement échappé. Une sorte de tic. Comme sous le coup d'une cinglante invective, j'ai senti toute ma figure se contracter et devenir dure comme une plaque de terre cuite. Pourtant, au point où j'en étais, enfermé en sous-sol avec ce connard à la figure barbouillée de mon sang, mes tripes à l'air et bien trop de fluides vitaux à l'extérieur du corps, ce n'était plus vraiment la peine de réagir. Qu'est ce que ça pouvait bien changer ?

– Il faut vraiment qu'on parle de ça ? il m'a demandé à mi-voix.

– Non, je ne crois pas, je lui ai répondu après un petit moment, ce n'est pas la peine d'en parler. On n'en est plus là, j'ai l'impression. Que j'en sache un peu plus ou un peu moins, ça ne change pas grand-chose à ce scénario odieux dont tu sembles avoir prévu le moindre rebondissement.

– Disons que ce n'est pas non plus comme si tu n'y étais pour rien, me rétorqua-t-il sur le même ton, un ton pas très helvétique.

En silence, on a de nouveau tous les deux hoché la tête de concert, comme des petits vieux malgré tout copain comme cochon à qui on ne la fait pas assis sur un banc, au bord d'un chemin sans issue.

– *Alea jacta est*, en gros, c'est là qu'on en est, non ? j'ai continué.

– Exact, le sort en est jeté, le Rubicon est franchi, il y a même un sacré pont avec une autoroute à quatre voies dessus, bref, je ne saurais mieux dire, il m'a répondu en se retroussant alors les manches jusqu'au-dessus du coude.

Très concentré, la mâchoire crispée et le front barré sous son masque de sang, il faisait attention à bien retourner le tissu pour qu'il ne fasse pas de plis, pour que sa mise reste nickel chrome, ce connard tip-top.

VII

De rerum scripta (totalo miisteriosas sed, oh vachement interessantas)

Il dévoila ainsi peu à peu les nombreux tatouages qui ornaient ses avant-bras. En le regardant, de prime abord, avec son costume taillé sur mesure et ses airs de diplomate issu des meilleures écoles privées, mais prêt à tout, attention, prêt à sacrifier la moitié de la population mondiale afin de conclure un traité à la fois sibyllin et bien argumenté pour fumer un cubain en terrasse après, on n'aurait pas imaginé qu'il était du genre à se mettre de l'encre sous la peau, tel le premier hipster ou le premier yakuza venu. Moi, bien sûr, j'étais quelque part payé, mais vraiment des clopinettes, pour le savoir, ces ornements-là, ces festons cutanés, c'était sa tasse de thé, du noir Earl Grey pur jus plutôt que du vert d'ailleurs.

Comme il prenait son temps pour retrousser ses manches, j'ai pu bien tout regarder en détail. Sa peau arborait surtout quantité d'inscriptions en différentes polices de caractère, un mélange insolite, baroque, qui allait de la gothique de type Textura à l'Helvetica. Des sortes de sentences, c'était la toute première fois que je les découvrais pour de bon, pour ainsi dire *in vivo*, qu'il m'a laissé déchiffrer avec un orgueil évident en tournant lentement ses bras dans tous les sens devant moi.

Ad augusta per angusta, memento mori, in cauda venenum, sic transit gloria mundi ou encore *non solum… sed etiam…* c'était le genre d'admonestations qu'il avait choisi, sans doute après mûre réflexion, de trimbaler sur lui en permanence. Peut-être même qu'il en avait parlé à voix basse avec des amis proches autour d'un verre de whisky ou de vieil armagnac. Des foutaises pures et simples selon moi, mais c'est probablement parce que j'avais eu de mauvaises notes en latin. En tout cas, pour donner du sens à tout ce bazar, j'ai vite laissé tomber. À ma décharge, j'éprouvais aussi quelques difficultés à me concentrer. Sans doute parce que j'étais attaché trop serré et que ce qui me restait de sang circulait mal, allez savoir.

– Le latin, c'est une vraie passion ou c'est juste un souvenir d'enfance difficile ? je lui ai quand même envoyé à brûle-pourpoint.

– Ah, c'est une passion ! J'aurais voulu faire prof d'ailleurs, et c'est le latin de cuisine que j'aurais voulu enseigner, même s'il y en a pour dire que le latin de cuisine, c'est du latin de bas étage et pour lui préférer le latin de salon, voire le latin de boudoir, une erreur de débutant à mon avis, car le latin de cuisine est certes rustique, il ne manque pourtant pas d'un certain panache brut et, à mon sens, il n'est dépassé que par le latin de corridor, plus mystérieux, plus délicat.

– Ah, l'enseignement ! Encore un foutu apostolat. Bref, tout un programme, j'ai fait dans sa direction en hochant la tête d'un air à la fois entendu et apitoyé.

– Tu ne crois pas si bien dire, c'est exactement de ça dont il s'agit, un programme, tant éthique que pratique, il m'a répondu en esquissant une série de gestes lents et précis avec son stylo-plume dont il venait soudain de s'emparer comme si de rien n'était.

Sans rien dire, je l'ai observé un moment se remuer avec cérémonie, avec une solennité à la fois sénatoriale et prétorienne.

– Ces maximes, il a continué, pour moi, ce sont des axiomes, ce sont des lignes de conduite dont je ne dévie jamais. Chaque matin, au réveil, je les répète devant une sorte de petit tabernacle que j'ai fait fabriquer exprès par un ami très habile de ses mains.

Il a continué son obscur sabbat avec son stylo-plume laqué en silence, comme s'il répétait un kata bien particulier, peut-être le quatrième d'une longue série, d'une série dont certains espéraient peut-être qu'elle ne s'étirerait pas à l'infini. Après une bonne minute de ce manège intrigant, je ne l'avais pas quitté des yeux, Dieu sait ce qu'il mijotait, j'avais l'impression qu'il traçait des sortes de signes dans le vide, il a poursuivi ses explications qui n'en étaient pas.

– Bon, j'en ai d'autres, des petites devises du même acabit, un peu partout, mais tu ne m'en voudras pas si je ne me mets pas littéralement à nu devant toi, hein, ça pourrait jaser, tu comprends ? Chacun fait comme il veut, cependant, en ce qui me concerne, je ne suis pas de ce bord-là. La jaquette, très peu pour moi. C'est un vêtement aussi peu confortable que passé de mode. C'est mon opinion et, contrairement à mes vêtements, je la partage volontiers.

– Ah bon, j'ai rétorqué, goguenard, vraiment ? Parce que moi, je m'excuse, mais en ce qui me concerne, c'est comme si j'étais à poil. Donc, cette histoire de jaquette, pour, comme tu le dis si bien, ne rien te cacher, je trouve ça carrément inane, comme argument.

– Inane ? Tu veux dire oiseux, c'est ça ?

– Oui, c'est bien ça, oiseux. On ne va pas en plus se mettre à jouer sur les mots ? Pour être honnête, ton histoire de jaquette, c'est même se voiler la face, c'est même cacher la merde au chat.

– Cacher la merde au chat, il a rétorqué en mettant un point final abrupt à son inquiétante danse de Saint Guy, se voiler la face ? OK, c'est noté, tu ne mâches pas tes mots, c'est tout à ton honneur, il m'a répondu, le visage fermé à double tour derrière son masque de sang qui, tout bien pensé, voire tout bien pesé, était mon masque de sang.

Il eut vraiment l'air d'accuser le coup du chat, du voile et de la merde. En tripotant nerveusement son stylo-plume, il se mit à tourner en rond autour de la table avec mes boyaux toujours posés dessus. Sans cesse, il le débouchait et le rebouchait en un irritant cliquetis. Un truc pourtant à éviter, il risquait d'en abîmer la laque. C'est dire s'il devait être perturbé. Peut-être que pour la jaquette, un soir après une énième journée passée à ne rien glander, on lui avait déjà fait la remarque et que, chez lui, ça faisait résonner quelques sonnettes très spéciales. Peut-être même que c'était des sonnettes d'alarme avec de longs cordons violets et de la dentelle un peu passée au bout, des cordons sur lesquels il aurait préféré qu'on ne tirât point.

Taquin sur ce coup-là, malgré ces entêtants grelots que je le supposais entendre tinter, j'ai décidé de continuer sur ma lancée, bille en tête.

– Le coup du massage des organes, là, tout à l'heure, je te le dis tout net mon vieux pour moi, c'est complètement cryptohomo.

– Cryptohomo ? Je ne suis pas d'accord avec toi, il a rétorqué tout de suite avec des airs pincés et son doigt qui faisait de nouveau tic tac, tic tac, mais vachement plus vite qu'avant. Cryptohomo, sûrement pas. Et puis je te rappelle que je suis marié.

– Marié ?! Mais ça ne veut rien dire ! Regarde un peu Hemingway, je t'en prie !

– Hemingway n'était pas comme tu dis. Blasphème ! Blasphème ! s'emporta-t-il, soudain tout rouge sous ce masque fait de mon sang. *L'adieu aux armes*, *Pour qui sonne le glas*, non, non !

– Mettons cryptogay, si tu préfères, c'est peut-être une question de terminologie, puisque tu es assez British comme gars, je ne le sais que trop bien.

– Ce n'est pas non plus une question de terminologie, il m'a répondu, très sec. C'est tout simplement que la question n'est pas là, c'est tout. Point barre, pas de discussion. Est-ce que je me fais bien comprendre ?

– Mais je sais, moi, forcément, je sais !

– Non, tu ne sais pas ! Tu ne tiens pas obligatoirement le truc par le bon bout, non, et aujourd'hui, c'est moi qui ai le stylo, moi, moi. Alors tu ne sais pas ! C'est d'identification dont il est question, monsieur je sais tout. Être comme l'autre, c'est ça l'idée.

– C'est pas plutôt être dans l'autre, l'idée ? j'ai répondu très vite en haussant le ton.

– Non, l'effet miroir, un grand avec un cadre doré, c'est ça qu'on recherche, et, qu'on se comprenne bien, je ne parle pas de se pointer comme des flans à une vente aux enchères main dans la main.

– Alors pourquoi tu me vides, si ce n'est pas pour t'immiscer en moi ? je lui ai demandé en gueulant soudain avec toute la rage qui me restait. Pourquoi tu me vides de tout sans rien laisser pour les autres, sans rien laisser pour mon épouse enceinte, sans rien laisser pour mes enfants ?

– Ah tu veux savoir pourquoi je te vide ? il m'a répondu en hurlant à son tour, tu veux savoir pourquoi je te vide ! Attends, attends !

VIII

Parce que parfois, c'est peut-être plus simple de parler simplement godasses

Sur ces paroles qui n'étaient pas de bonnes paroles, il s'est lentement approché de moi, tout près, tout contre, ce connard, et puis là, il a glissé sa main dans mon ventre. Comme un rat affamé, elle farfouilla dans ce qu'il restait de mes entrailles. Il y eut un son humide, collant, et, en me regardant droit dans les yeux avec un air vachement extasié, il m'a pincé fort dedans.

Aussitôt, j'ai senti un brusque engorgement, comme si un flot très puissant, un flot de vie, était soudain stoppé. Je subissais une pression fantastique, comme si quelque chose d'énorme, de monstrueux, quelque chose qui me dépasserait gonflait irrésistiblement en moi.

Au moment où je fus sur le point de tourner de l'œil, au moment où je fus au bord de l'explosion, il a relâché son emprise. D'un seul coup. Ça a fait comme un choc. Ça a fait comme un claquement. Et puis il a recommencé. Et puis il a relâché de nouveau. Et puis il a recommencé. Et puis il a relâché de nouveau. Après, une ou deux fois, en se trémoussant mollement des hanches, il a imprimé en moi des sortes de petites secousses. À mi-voix, il prononçait des « oh yeah », juste pour lui, pour son public intérieur.

– Je te déteste, je lui ai alors confié d'une voix douce, d'une voix flasque.

– Moi aussi, il m'a répondu après un dernier « oh yeah », son visage avec mon sang sec dessus tout près du mien avec mon sang aussi dessus.

Il a continué son petit jeu sadique un moment jusqu'à ce que je n'en puisse plus, jusqu'à ce que je sois une nouvelle fois couvert d'une transpiration mauvaise, jusqu'à ce que je tremble de la tête aux pieds. Ensuite, après un petit dernier pincement mesquin, « c'est pour la route », il a susurré, facétieux et fielleux à la fois, il m'a laissé reprendre mes esprits tandis qu'il s'affairait activement un peu partout, histoire de peut-être me laisser du temps pour méditer, voire digérer, en l'occurrence un véritable tour de force, ce qu'il estimait sans doute être l'ultime explication.

En un brusque éclair, lucidité pure ou franche hallucination, j'ai soudain visualisé ces mots qui trônaient, lettres immenses dans la nuit noire, fichées profond à flanc de coteau au-dessus d'une ville qui ne s'éteint jamais : « Ma vie en dépend. »

Lui, sans ce soucier de cet inattendu satori qui me transcendait bigrement, tout agité par ses TOC qui revenaient en rangs serrés, absurdes phalanges, il rangeait, il déplaçait la table, il classait les livres. Moi, drôlement sonné par cette révélation qui ne changeait rien à la donne, j'avais les oreilles qui sifflaient, le regard trouble et surtout je ne voyais pas bien ce qu'il bricolait. Tout se passait derrière une brume cotonneuse et de mauvais aloi.

À un moment donné, il est à nouveau passé derrière moi pour se livrer à un de ces binz compliqués et mystérieux dont il avait l'irritant secret. Il me sembla cette fois entendre de puissantes bourrasques assorties d'un bruit d'eau constant, un bruit d'eau amplifié par un écho démesuré, comme si une goutte tombait sur un plateau de pierre dans une gigantesque grotte ouverte au flanc d'une montagne dont le sommet culmine terriblement haut. Il y avait aussi ces portes qui claquaient, spasmodiquement, peut-être à cause de ces satanés coups de vent.

Plus tard, c'était difficile de préciser combien de temps après, peut-être des heures, peut-être des jours, il est revenu les bras chargés. Bien content, c'étaient des instruments, un sac marqué d'un logo élégant et un gros livre avec une belle couverture illustrée qu'il transbahutait.

Toujours sans s'occuper de moi, il a ouvert le sac et posé une pile impressionnante de pochettes en soie de toutes les couleurs sur la table. Pliées parfaitement, elles sortaient visiblement du pressing. Il a pris celle du dessus, une bleue à pois, il s'est de nouveau essuyé les mains longuement avec et, comme si elle n'existait plus, il l'a jetée dans un coin. Il s'est ensuite assis sur une chaise et, avec une deuxième, elle arborait de magnifiques motifs cachemire, il a fait reluire ses pompes. Il a fait ça vraiment bien, avec une folle application.

Là, il s'est rendu compte que je l'observais attentivement depuis un moment.

– Les chaussures, ce sont des Berluti, le fameux mocassin Andy. Un modèle souvent remis au goût du jour, mais dont l'origine remonte aux années soixante. 1962 pour être précis. Un classique indépassable, si tu veux mon avis. Tu vois l'espèce de cicatrice dessus ? La légende veut qu'Olga Berluti les ait créés avec du cuir de vache transgressive. C'est en tout cas comme ça qu'elle a vendu les premiers à Andy Warhol, d'où le nom du modèle. Elle prétendait que la pauvre bête, éprise d'ailleurs, éprise de liberté, elle se jetait de tout son poids contre les barbelés de son enclos. Certains seraient devenus véganes pour moins que ça. Toutefois, en homme de passion, il a juste décidé que ce serait ses pompes pour toujours.

– Merci bien pour l'exposé, j'ai répondu d'une voix terne, mon Sioux intérieur ayant désormais définitivement enterré sa hache de guerre au fin fond des forêts du Dakota.

– Pour tout à l'heure, c'était l'aorte abdominale que je te pinçais. Un truc qui fait toujours son petit effet, comme tu as pu le constater.

– Merci bien pour l'explication, j'ai répété de la même voix terne, mon samouraï intérieur étant désormais parti astiquer son sabre ailleurs, peut-être dans les neiges, non pas d'antan, mais d'Hokkaïdo.

– Cette sordide accusation d'homosexualité, je pense que tu l'as compris, ça me chiffonne. D'abord, je ne suis ni une tante ni un bougre. Moi, c'est les copains d'abord, rien d'autre. C'est ça mon credo. Et puis, tout ce tralala auquel on se livre tous les deux, ça va bien au-delà de la sexualité. Bien au-dessus, même. Je pensais que tu l'avais compris, tu es bien placé pour ça, et, pour tout dire, je suis un peu déçu par ton attitude. Une attitude que je trouve aussi réfractaire que peu constructive. C'est un peu tard pour mettre les pieds au mur ou pour changer ton fusil d'épaule. D'ailleurs, pour parler fusil, un fusil que tu as chargé de ton plein gré, toute cette histoire, ce scénario odieux comme tu dis, et tu le sais encore mieux que moi, c'est l'exemple parfait de ce qui s'appelle se tirer une balle dans le pied, mon vieux, à bout portant.

Là, j'ai relevé la tête, certes, pas bien haut, je commençais à caler, et je l'ai regardé avec le peu d'intensité qui me restait, vraiment pas grand-chose. C'était un chouïa d'intensité. Ce type ne se rendait vraiment pas compte des puissantes contradictions dont il était l'objet, un véritable fétu dans la tempête. Une tempête pas loin de s'apaiser, j'ai pensé, avec, dans ma tête, pour me narguer, ce petit refrain au sujet de ce mec qui sème le vent et récolte ce qu'il mérite.

– Tu es déçu ? Eh bien j'en suis marri, que tu sois déçu, je lui ai répondu.

Ensuite, j'ai toussé un petit moment pour lui faire croire que je riais, comme un gars qui surfe avec aisance au-dessus de la mêlée, mais il n'a pas été dupe de ce jeu d'acteur plutôt piteux que je lui offrais. Quand il a eu terminé son fourbissage en règle avec ses godasses de mec ostentatoire en cuir de vache folle, il s'est levé très vite en tapant sur ses cuisses.

– Bon, pour te montrer que je ne t'en veux pas, je vais juste en finir avec mon histoire de préceptes en latin inscrits dans la peau, parce que, pour moi, ça conte énormément. Quelque part, je ne te le cache pas, c'est ma religion à moi, ces litanies que je prononce cérémonieusement tous les matins. Ça devrait aussi être la tienne, ça te remettrait les idées en place. Et puisque tu aimes visiblement aller au fond des choses, je vais tout de même t'en révéler une supplémentaire. Elle est écrite en haut de mon ventre, le long du diaphragme, en capitales romaines bien épaisses. VITRIOL. Rien que ça ! Pas mal, hein ?

– VITRIOL, comme le produit pour le ménage ? j'ai demandé.

– C'est ça, il m'a répondu avec un clin d'œil.

– VITRIOL, comme pour *Visita Interiorem Terrae Rectificando Invenies Operae Lapidem* ? La formule alchimique ? j'ai encore demandé.

– C'est ça, il m'a encore répondu avec un clin d'œil, il n'en était décidément pas avare. La pierre de l'œuvre, ou plutôt les pierres de l'œuvre, il y en a trois, la rectification, l'intérieur de la terre, on y est, on est même en plein dedans.

– L'intérieur de la terre, c'est une bibliothèque ? j'ai gloussé, pas aussi narquois que je l'aurais souhaité.

– Bien sûr, pourquoi pas ? C'est peut-être la tienne, de bibliothèque, il m'a répondu calmement avec un geste du pouce vers les milliers de livres qui s'alignaient dans son dos, ces pierres de l'œuvre qu'il suggérait.

Là, ces bouquins bien rangés, je me suis soudain rendu compte qu'il n'y en avait que trois. Une série de trois. Un rouge, un ocre et un bleu de méthylène. Trois livres multipliés jusqu'à plus soif, multipliés à l'infini. Une myriade de briques de papier qui formait cette infranchissable muraille autour de moi.

Sur le dos de chacun de ces livres, à côté du titre, il y avait mon nom.

IX

Primo piatto (tout vient donc forcément à point à qui doit attendre)

Cette ménagère, géologique et bibliothécaire révélation révélée, il s'est ensuite levé de la chaise sur laquelle il était assis pour cirer ses pompes de gommeux malfaisant. Il l'a prise par le dossier et, d'un pas à la fois sénateur et prétorien, style je ménage mes effets à fond, à ce jeu-là, il devait forcément avoir de la pratique, dans un agaçant crissement, il l'a lentement trainée sur le sol pour venir la poser juste devant mon bide grand ouvert et sans défense depuis le début de cette histoire.

Après, il s'est rassis. Il a posé le gros livre avec les photos sur ses genoux. Il a tranquillement consulté la table des matières en la parcourant du doigt et, s'étant léché l'index de la plus étudiée des façons, il s'est rendu à une page qui se trouvait à peu près au milieu. Comme j'étais à l'envers par rapport à lui, je ne voyais pas bien de quoi il retournait. Il y avait du texte, des sortes de schémas représentant le corps humain et des images en couleurs. Le tout semblait très soigné, une jolie édition, typiquement le genre de livre qui sort pour les fêtes et qu'on glisse sous le sapin avec des airs satisfaits, convaincu de faire plaisir parce que, finaud à mort, on a mis la main sur le cadeau qui tue.

Il a lu avec une grande attention la page qui l'intéressait. Très concerné, son regard effectuait de lents allers-retours entre le bouquin et mon abdomen auparavant évidé à la va-comme-je-te-pousse. Puis, tout enthousiaste, cette laborieuse séance de repérage terminée, en un peu bibliophile traitement, il a refermé le livre d'un seul coup en claquant sèchement les deux parties l'une contre l'autre.

Néanmoins, ce geste impétueux de sa part me permit enfin de voir le titre de l'ouvrage. Il était écrit en grandes lettres dont la dorure tapait dans l'œil, un peu comme celle du grand miroir qu'il prétendait vouloir utiliser pour nous deux, pour cet effet fumeux dont ce fumiste plastronnait être le maître ouvrier, son fameux « effet miroir ».

C'était *La cuisine d'Hannibal, pour le meilleur et le pire du nouveau bien-manger contemporain ou pour une relecture du Larousse gastronomique.* Moi, je me suis dit, c'est quand même un très long titre ça, il y a de quoi décourager plus d'un lecteur, même averti avant par le libraire, cependant lui, très fier de son bouquin avec son titre à la con, il m'a regardé d'un œil pétillant.

– Il est signé. Je l'ai rencontré lors d'un colloque à Florence, l'auteur donc. Un sacré bonhomme. Nous sommes devenus assez proches, pas intimes, non, de toute façon, l'intimité, c'est tellement trivial, tellement crasse. Enfin, c'est surtout assez compliqué pour des types qui œuvrent dans notre branche. Nous sommes néanmoins en contact, on s'envoie des cartes de temps en temps. Je suis même abonné à son compte Twitter et à son compte Instagram. J'aime autant te dire que, pour les photos, il a un sacré coup de patte.

– Je ne savais pas que tu étais allé à Florence.

– Il faut donc croire que certaines choses t'échappent, tout marionnettiste que tu crois être.

– Inquiétant, je lui ai répondu, inquiet.

– Disons que ça dépend de quel côté de l'inquiétude tu te situes, me rétorqua-t-il en plissant les yeux comme un chat, un chat non pas botté, mais chaussé de Berluti hors de prix, un chat qui sait ce qu'il se veut. Pas du Whiskas, mais du Sheba, minimum.

Après en avoir distraitement tapoté la couverture, il a posé le livre sur un coin de la table, exactement au-dessus de ses boutons de manchette. Maniaque, il a cherché la bonne position en effectuant d'infimes rectifications et il est revenu s'asseoir devant moi. Très vite, il a cependant fait une sorte de grimace, il n'avait pas l'air satisfait du tout, et il s'est relevé avec hargne pour reprendre le livre qu'il venait justement de poser.

Il le tint serré bien contre lui, avec ses boutons de manchette Paul Smith dans la main, et, dans un coin de cette immense bibliothèque remplie à craquer de ces trois seuls livres qui pullulaient par milliers, il alla déposer le tout en sécurité, sur une rangée située à côté du grand sapin de Noël avec sa pointe qui rebiquait connement contre le plafond.

– On n'est jamais trop prudent, il a expliqué en s'asseyant, rasséréné, je ne supporterais pas l'idée que ce livre tombe par terre et qu'un de ses coins soit tout enfoncé, ça me fendrait le cœur, littéralement.

– Mais alors comme ça, il n'est pas classé ? je lui ai envoyé d'un air que je croyais fin.

Il a rigolé de bon cœur.

– C'est temporaire, mon vieux, temporaire, c'est bien essayé, mais tu ne m'auras pas comme ça.

Après, il s'est tourné et, sur la table, il a pris son stylo-plume, son fameux stylo-plume japonais avec les chrysanthèmes et les paulownias dessus. Il l'a considéré un moment en le faisant lentement pivoter entre ses doigts. Il a ensuite pris une nouvelle pochette sur sa pile, une blanche toute simple assez classe à bords roses, et, avec amour, avec fascination, il l'a utilisée pour astiquer soigneusement son outil de prédilection.

Là, ce fut soudain comme s'il était tiré d'une profonde rêverie. Affichant des airs contrits que je ne lui connaissais pas, il m'a regardé avec son truc laqué de merde à la main. Si c'était du cinéma, c'était bien joué.

– Mais je suis complètement impardonnable ! Tout emporté par cet incipit *in medias res* que je t'ai infligé, je ne te l'ai pas présenté !

– Pourtant, j'ai répondu sur un ton mi-figue mi-raisin, il me semble que nous nous connaissons de près, ton stylo-plume et moi.

– Et encore, il a ricané, on aborde à peine le développement, notre trame n'en est qu'à ses prémices.

Il s'est levé et, avec de grands gestes à la fois lents et cérémonieux, il a promené devant mon regard, un regard peut-être pas aussi concerné qu'il ne l'aurait souhaité, cet objet qui, dans des circonstances normales, ne sert qu'à écrire, tandis que lui, il en usait méthodiquement, passionnément, pour m'envoyer à Canossa et bien plus loin avant de m'achever, papal, pépère et pervers à la fois.

– Or donc, mon vieux, c'est un Namiki. Une marque japonaise d'illustre renom fondée au début du XXe siècle, rien que ça. Une pièce rare en or dix-huit carats. Leur créneau, c'est l'application à la main d'un décor de type traditionnel, à plat ou en relief, le *maki-e,* sur une couche de laque naturelle, l'*urushi.* Elle est tirée d'un arbre, le *Rhus vernicifera*, un arbre d'ailleurs curieusement toxique. Ici nous pouvons admirer chrysanthèmes, paulownias et bambous, tout cela étant symbole de bonne fortune, mais oui, qui l'eut cru ? Ironie, ironie...

Il fit tourner lentement sur lui-même ce machin de mes deux dont il était si fier. On aurait dit une sorte d'astéroïde étincelant et oblong en suspension dans l'espace sidéral et glacé, un aérolithe capable de franchir les dimensions.

– Voici l'élément principal du décor, une Kirin ! reprit-il après ce bref moment de contemplation, elle fut morose d'un côté et enthousiaste de l'autre, la licorne asiatique, un mélange de cerf, de dragon et de cheval. Leur Chimère à eux, quoi !

J'ai froncé les sourcils pour regarder de plus près la mythologique tarasque dont il me faisait la crâne exhibition.

– Oui, c'est l'espèce de bestiau qui figure sur les bouteilles de bière japonaise du même nom ?

– Tout juste. Bon, c'est pas le tout, l'art c'est bien beau, mais quand il faut y aller, il faut y aller.

Il a décapuchonné son précieux Namiki, il en a encore examiné de près le bout et ôté avec des airs dégoûtés un petit morceau de chair qui y était resté collé.

– C'est une commande spéciale. Je l'ai fait fabriquer pour mes quarante ans. Le bec est en acier drôlement bien aiguisé sur les bords, une petite particularité qui prend tout son sens à présent. Pas besoin de te faire un dessin, je crois.

Il s'est accroupi en face de la petite caverne de chair que formait mon ventre grand ouvert, une caverne dont il espérait peut-être qu'elle serait pour lui pareille à celle de Platon. Dans ce cas, j'avais bien du chemin à parcourir, et il ne serait pas pavé de bonnes intentions.

– Ce stylo-plume, mon vieux, j'y tiens comme à la prunelle de mes yeux, affirma-t-il encore.

Ensuite, très emballé et tout concentré à la fois, il s'est mis à bricoler opiniâtrement dans mon bide sans rien ajouter. Alors moi, je me suis crispé de plus en plus. Très vite, je fus limite tétanisé. Pourtant j'avais lu plein de trucs de Mathieu Ricard sur le lâcher-prise. Comme quoi l'ego ne serait qu'une construction illusoire. Comme quoi il fallait se connecter avec le grand tout. Lui, pendant ce temps, sans doute ignorant de ces bouddhistes cogitations, il s'affairait sur ma droite, sous mes côtes. Pestant à mi-voix, il tâtonnait, cherchant le bon endroit. « J'aurais dû prendre une torche », il disait. Il n'y voyait pas très clair et je n'étais pas convaincu que c'était une bonne chose pour la suite.

D'un seul coup, j'ai senti qu'il tranchait quelque chose à l'intérieur de moi. Avec une tête ravie comme pas possible, comme un gamin qui a fait main basse sur un petit trésor hyper bien caché par ses parents, il s'est alors redressé, fiérot, faraud même.

Dans ses mains poisseuses de sang, il tenait un truc brun-rose qui flageolait. Un truc qui ne me disait rien qui vaille.

X

Des fois, il faut quand même savoir de quoi on parle, mais seulement des fois

– C'est ton foie, mon vieux, il a déclaré tout content. C'est une bonne partie de ton foie, tout le lobe droit en fait. Pas mal, hein ? On ne dirait pas comme ça, mais c'est assez gros, comme organe.

Un peu estomaqué par cette nouvelle ablation, il n'y avait pas de quoi me jeter la pierre, car on l'aurait été à moins, muet comme une carpe, sans doute bientôt comme une tombe, je n'ai rien répondu.

Étant donné qu'il insistait en m'agitant cette espèce de machin luisant sous le nez, cette partie intime et viscérale, j'aurais souhaité que ce ne soit qu'un emprunt, hélas, vu la tournure des événements, c'était plutôt une acquisition à durée indéterminée dont il s'agissait, je lui ai quand même rétorqué un truc au fond assez honnête.

– Pour la taille, je n'en sais rien. Je n'avais jamais vu de foie humain avant, je veux dire, en vrai.

– Tiens. Dans ce cas, c'est plutôt cocasse que le tien ouvre le bal.

– Mais c'est vrai que c'est un assez gros morceau, un assez gros morceau de moi, je veux dire.

– Tu veux, mon neveu ! Un foie humain, ça pèse environ un kilo et demi, là, à vue de nez, j'en ai pris pile un kilo. Attends, on va peser.

Il s'est de nouveau rendu au sein de cet espace immense et mystérieux qui s'ouvrait dans mon dos. Comme si là-bas, c'était vaste et profond comme l'inconscient, qu'il soit collectif ou pas, il y a de nouveau eu les raclements et les machins métalliques avec l'écho, funeste petite musique. Cette fois, il est très vite revenu avec une petite balance de cuisine à la main.

Elle était en verre et en inox, un modèle assez design qui aurait beaucoup plu à mon épouse. Elle raffolait de tout ce qui était à la fois pratique et décoratif. « Discrètement décoratif au point d'en être reposant pour l'esprit », elle disait, « il faut que l'œil glisse, rien ne doit l'arrêter », elle ajoutait, le regard tristement dans le vague et les mains posées sur son ventre à elle seule, ce ventre qui recelait en une toute petite grappe de graines cet univers à venir, un univers dont j'étais peut-être l'alpha et elle toutes les autres lettres.

À ce moment-là, j'eus l'impression que l'espace se contractait tout entier. Tout se resserrait autour de moi. Je me sentis comprimé, écrasé par une force qui me dépassait, une force qui me pressait de tous les côtés à la fois. Et, au loin, et, ailleurs, je crus entendre comme un cri d'une puissance sans pareille. Un cri de douleur et d'attente qui transperçait les dimensions. Un cri primal.

Bizarrement, de penser à elle, de penser à nous, à un tel moment, ça m'a fait monter les larmes aux yeux et, un peu bêtement, je me suis soudain mis à pleurer. Avec un peu de recul, au vu de ma situation au sens propre comme au sens figuré, il y aurait eu plein d'autres raisons de pleurer pour de bon, mais entre toutes, c'est celle-là que j'avais choisie. Alors, avec sa balance de vainqueur dans une main et mon bout de foie dans l'autre, il m'a regardé sans chercher à dissimuler son étonnement.

– Là, tu vois, c'est dommage, tu casses l'ambiance. On n'était pas bien tous les deux à causer de tout et de rien ?

– On ne partira pas en week-end à Rome pour se la couler douce avant l'accouchement, finalement. J'avais tout réservé, j'ai dit avec des hoquets pour m'agiter et de la morve pour couler. Bref, pas très classe.

– Euh, attends, tu veux dire toi et moi, en week-end à Rome ? Ce n'est tout simplement pas possible, mon vieux.

– Non, avec mon épouse, j'ai répondu comme avant, hoquets et morve compris, mais en me marrant en douce.

Quel con, ce mec, quand même, je me suis dit, il en tient une couche. « Je suis pas une tante, moi, c'est juste les copains d'abord. » Mon œil, oui, mon cul, tiens, même.

– Ah, OK, j'aime mieux ça. Nous, si tu veux savoir, on en revient. C'était vraiment très sympa. On a mangé à la Pergola. Bien sûr, elle n'a rien bu. Si tu veux mon avis, quoi qu'on en dise, ses trois étoiles sont largement méritées.

Après, il s'est installé devant la table, il a sorti une grande planche de cuisine d'un tiroir et il a posé délicatement mon foie dessus. Ensuite, il s'est affublé d'un tablier bordeaux plutôt seyant où il était écrit en lettres capitales *Abyssus abyssum invocat*, peut-être une manière byzantine d'affirmer haut et fort que c'était lui le chef. Et puis, tranquillement, il s'est mis à déveiner ce lobe droit dont il venait de m'alléger sans trop se soucier de ce que je pouvais bien en penser, en l'occurrence, pas forcément du bien.

Tout en me gratifiant d'explications condescendantes, « tu vois, c'est vraiment pas sorcier, il faut tirer doucement sur la veine principale et le reste vient tout seul, tu peux laisser les plus petites dedans, ça ne dérange pas », il a fait ça très vite et très proprement. Cette habileté dont il faisait manifestement preuve sous mes yeux, c'était tout à son honneur. En plus, pour être honnête, ça ne me laissait pas indifférent. Après tout, c'était de mon foie qu'il s'agissait. Ainsi, à sa manière bien particulière, c'était comme s'il prenait soin de moi. Même s'ils étaient de cuisinière nature, c'était des égards qu'il m'accordait. Sans conteste, ce connard savait y faire.

J'avais aussi tenté le coup du foie fait main à deux ou trois reprises pour les fêtes. Chacune de ces tentatives, pourtant enthousiastes, pourtant vachement documentées, s'était soldée par un échec particulièrement piteux. Fatalement, par une nuit de pleine lune un peu dramatique, les foies que j'avais méticuleusement massacrés avaient fini enterrés profond dans le jardin. Du coup, pour une somme assez sérieuse, j'avais discrètement acheté des foies gras maison chez un boucher loin de chez nous et je les avais fourrés au frigo avec des airs chafouins comme si c'était moi qui les avais mitonnés avec amour, doigté et maestria. Mensonge, mensonge, mensonge que voilà.

Sans se douter qu'il m'impressionnait drôlement à manipuler de la sorte sans se tacher ces abats qu'il m'avait retranchés, pesant avec sa balance design au micro gramme près, il a assaisonné mon foie d'une quantité exacte de poivre, de sel et d'épices venues de Samarcande.

– C'est un petit mélange dont je garderai la composition secrète, j'espère que tu ne m'en voudras pas, précisa-t-il, tel un prestidigitateur qui ne tient pas à lever le voile sur ce qui se trame en coulisses, et pourtant, il faudra bien.

Il l'a ensuite badigeonné de cognac pour enfin délicatement le tasser dans la terrine qu'il avait préparée. Après l'avoir encore arrosé d'un généreux trait d'alcool, il avait eu une moue du genre, au diable l'avarice, il l'a glissé dans une cuisinière, visiblement une marque allemande haut de gamme, peut-être une Topf, le top en termes de qualité, elle se trouvait habilement dissimulée derrière un pan amovible de la bibliothèque.

– Et voilà, mon vieux, une quarantaine de minutes à 70 degrés, chaleur tournante. Je sais, il y en a pour préférer le bain-marie, mais c'est la vieille école, tu peux me croire sur parole. Avec ma méthode, c'est résultat garanti sur facture, et les factures, je m'y connais.

XI

Secondo piatto i tutti quanti, mais pas frutti
(parce que les frutti, c'est après)

Il est revenu vers moi, tout près. Il a tranquillement vérifié si la pochette de NaCl était bien en place et si les cathéters étaient fixés comme il fallait. Il m'a de nouveau tamponné le front, comme apaisé, comme si, intérieurement, il rayait quelque chose sur une liste importante, une liste de trucs dont il devait dépouiller mon corps, une liste que je n'espérais donc ni trop longue ni trop détaillée, tout en sachant qu'il n'en serait évidemment rien.

– Ça va, tu te sens bien ? Tu es un peu pâle mon vieux, il m'a demandé en affichant des airs vraiment soucieux, faisant preuve par là d'une certaine empathie à un moment inattendu.

À quel point tout cela était calculé de sa part, c'était la question que je me posais.

– Ça va, j'ai répondu machinalement, j'ai mal, c'est tout. Je ne saurais pas te dire où précisément, mais j'ai mal un peu partout, c'est à la fois insistant et diffus.

– Oui, c'est parfaitement normal que tu souffres, tu sais, ça fait partie du processus. Le but, ce n'est pas seulement de t'infliger une douleur esthétique. Cette histoire, ce n'est pas juste un raout intello ou une performance littéraire d'un genre radical et nouveau. Il faut que tu la rotes. Il faut que tu y laisses des plumes, des longues de préférence. Sinon, je ne vois pas bien à quoi mène tout ce gymkhana, parce qu'il ne faudrait pas non plus que je m'échine en vain. Mon temps n'est pas moins précieux que le tien. Tu comprends ?

– Oui et non, je lui ai répondu assez honnêtement, oui et non.

– Oui et non ?

– Enfin, pour tout dire, plutôt non que oui. Je ne vois pas très bien ce qui va en ressortir de toute cette histoire, comme tu dis, une histoire que je trouve pour ma part sans queue ni tête, voire, malgré certains sous-entendus soi-disant pertinents, tout simplement sans fondement.

– Mais c'est pourtant clair, c'est pourtant explicite, ce qui en ressort de cette histoire prétendument sans queue ni tête, voire, ce sont tes mots, je te cite « sans fondement », une vilaine accusation que tu me jettes, il m'a répondu tout étonné.

En même temps, il a désigné mes boyaux décorés de fleurs d'encre violacées sur la petite table, puis il a tendu un index bien droit en direction de la bibliothèque à l'intérieur de laquelle, derrière mes trois bouquins devenus pléthore, mon foie chauffait tranquillement.

– C'est toi qui en ressors de cette histoire, tout simplement.

– Ah, c'est moi qui en ressors ? Ce n'est pas toi ? Ce n'est pas nous ?

Une question qui resta malheureusement sans réponse. Elle tombait pourtant sous le sens. Elle aurait pourtant mérité qu'on y rétorquât, même vertement.

– D'ailleurs, il a ensuite poursuivi d'une voix toute chose, en parlant de sortir quelque chose…

– Quoi encore ? j'ai demandé les sourcils rejoints.

– D'ailleurs, en parlant de douleur, il a continué avec un air drôle en manipulant son fidèle stylo-plume, cet objet fétiche dont j'avais peur qu'il ne se révélât encore plus polyvalent que prévu.

– Quoi encore ? j'ai de nouveau demandé, dans mes petits souliers cette fois, définitivement pas des Andy de Berluti, n'offrant par là aucune troisième chance au Sioux ou au samouraï du début qui croupissaient toujours en moi depuis leur dernière gasconnade.

– Maintenant, il a poursuivi avec le même air drôle, un air qui n'annonçait rien de bon, en ce qui te concerne, c'est un peu la croisée des chemins. Je veux dire par là que je pense que ça va faire mal. Je pense même que tu ne vas pas très bien supporter ce qui va suivre, physiquement et moralement parlant. Ce n'est pas l'hallali avec le cor et les chiens qui courent les oreilles au vent, mais peu s'en faut.

Il sembla réfléchir un peu, puis, après s'être légèrement balancé d'avant en arrière, il ajouta :

– Si tu veux supporter ça la tête haute, il te faudra faire preuve d'un certain entregent. Il te faudra faire preuve de force de caractère. En es-tu capable ?

XII

Ouvrir l'œil, et le bon

Sans me laisser le temps de répondre quoi que ce soit, même un truc idiot envoyé du tac au tac, une nouvelle fois il est venu au contact. Crispé à mort, il a bloqué fermement ma tête avec son bras gauche. Contre ma figure, je sentais sa musculature nerveuse qui formait comme un nid d'orvets affolés par un feu de forêt, un brasier mortel.

Je me suis dit, ça y est, il pète les plombs, il n'en peut plus, la digue cède. Finalement, elle n'était pas solide. Il va me taillader le visage jusqu'à l'os, il va me transformer en pâté de campagne aux cèpes et à l'encre, purement et simplement. Fini les excursus artistiques et les parabases complaisantes.

Fini les références littéraires à la con.

Fini les détours alambiqués.

Fini de rire, quoi.

Cependant, en augure de bas étage que je me révélais être, je me trompais. Ce connard halluciné, au contraire, c'est justement au plus profond de sa démence, de cette noire démence qui l'animait, qu'il puisait sa terrifiante capacité à mettre sous le joug de la digression ses élans les plus tarés, ses élans les plus insensés.

Alors, au sommet de son délire, un délire à la fois maniaque et gastronomique, foutue mais novatrice combinaison que voilà, il fallait que ça tombât sur ma poire, lui, avec précision, il a doucement posé le bec de son stylo-plume japonais au bord de mon œil gauche, dans le coin où coulent les larmes.

À cet endroit si fragile, si exposé, si nu, j'ai senti du froid.

Je me suis contracté, prêt à rigoler moyen.

D'un geste à la fois chirurgical et caricaturiste qui aurait fait pâlir d'envie bien des spécialistes en ces doctes matières-là, en une superficielle, mais pénible exérèse, il me découpa entièrement la paupière. « Comme ça, tu n'en perdras pas une miette. Je veux que tu sois aux premières loges pour la suite. Il n'y aura ni dérobade ni clignement malvenu. C'est un billet gratuit pour un spectacle pas donné que je t'offre. J'espère que tu en es conscient », susurra-t-il sourdement à mon oreille un peu baba devant cette nouvelle lubie, m'arranger le portrait à main levée.

Il se consacra ensuite à mon autre quinquet. C'est sans doute là que se déroulerait ce spectacle gratuit qu'il entendait m'offrir avec sa voix chose et ses airs drôles, un spectacle au casting réduit puisque j'en étais à la fois le public, la scène et les deux premiers rôles. Mon œil affolé eut beau toupiller à toute berzingue dans tous les sens, les de traviole, les de guingois, comme supra promis, il n'y eut pas d'échappatoire à ce qui suivit. Encore une fois avec méthode et passion, enfin, pour être honnête, avec nettement plus de passion que de méthode, surprenante maïeutique que voilà, il se mit à arracher mon globe oculaire à son orbite.

Limite sagouin, il fit durer le plaisir au maximum. Le sien, pas le mien. Je hurlai de toutes mes forces. Une expression un peu galvaudée, mais je craignais que hurler à gorge déployée, à m'en rompre les cordes vocales ou à pleins poumons, ça lui donnât des idées. Or je trouvais que ce n'était pas nécessaire, il en avait assez tout seul, des idées. Alors, tandis que je hurlais, on va dire, tout mon saoul, comme ça, peut-être qu'il finirait par me servir un verre pour faire passer, lui, sur un ton salace, sur un ton de chef de cabine suisse-allemand, il me susurrait de petits commentaires techniques à l'oreille. « Il faut bien racler tu vois. »

Justement, autour de mon orbite, à même l'os, avec son Namiki hors de prix, boucher et orfèvre tout à la fois, propre en ordre, il raclait.

Encore une fois comme ci-dessus promis, je me trouvais aux premières loges. De tout mon être, je ressentais tout. La pression du bec pointu. L'encre qui gouttait. La morsure glaciale de l'acier. Cet acier qui grattait, opiniâtre, entre ma chair et l'os de mon front, entre la forme et le fond quelque part. Je ressentais les petits à-coups saccadés, vicieux, déterminés qui secouaient mon crâne tout entier.

Un crâne qu'une migraine des plus carabinées menaçait désormais sérieusement. Deux Dafalgan, même des gros, des forte un gramme, ne suffiraient pas à régler le problème.
Un crâne à l'intérieur duquel une certaine angoisse, une angoisse terriblement lucide commençait à poindre.

Parce qu'au début, un peu con, je m'étais dit, pure prolepse de ma part, c'est bon, ça va passer, quand il aura fini sa crise de mes deux, il va me libérer, j'en serai quitte pour un petit séjour à l'hôpital. De nos jours, une éviscération, on s'en remet très bien, tout le monde sait ça, je m'en fous, je suis assuré en privé, ça va être deux ou trois semaines de vacances pépères aux frais de la princesse.

Ensuite, plus ou moins au moment des grosses claques forcenées avec le bras tendu, ce mec dont j'étais pourtant l'unique instigateur, je m'étais cependant rendu compte qu'il était quand même un peu atteint. À partir de là, peu à peu, en une autre prolepse, une anticipation qui ne m'avait pourtant pas réussi la première fois, j'avais dit au revoir et merci bien à tout le monde.

De toute façon, ce n'était pas comme si ma vie était si formidable. Disons qu'il n'y avait pas de quoi se taper sur les cuisses et déboucher un magnum de champagne en aspergeant copieusement la compagnie pour un oui ou pour un non. Je voyais peu mes enfants. Parce que j'en écrivais, je leur lisais de moins en moins des histoires avant d'aller au lit. Mon épouse, les mains sur le ventre, pas vraiment à la dérobée, mais plutôt avec une insistance désolée, me jetait de nombreux regards en coin tandis que, le soir comme le matin, je me penchais plus souvent sur lui, ce connard, que sur elle, cette femme pourtant clairvoyante et magnifique.

À ce moment-là, j'eus l'impression que l'espace se contractait tout entier. Tout se resserrait autour de moi. Je me sentis comprimé, écrasé par une force qui me dépassait, une force qui me pressait de tous les côtés à la fois. Et, au loin, et ailleurs, je crus entendre comme un cri d'une puissance sans pareille. Un cri de douleur et d'attente qui transperçait les dimensions. Un cri primal.

Je me rassurais en me disant qu'il ferait ça vite, et peut-être bien. Cette mise à mort qu'il semblait avoir planifiée de A à Z, quelque part, elle tombait même au bon moment. En effet, grâce aux incitations répétées d'un ami avocat, « tu sais », m'avait-il dit avec une main sur l'épaule et un regard entendu, « on ne sait jamais comment les choses tournent », je venais de faire mon testament, un gros, très détaillé, en trois exemplaires. « Un très beau testament, à la fois fou-fou et très équilibré », m'avait pour sa part confié le notaire avec le clin d'œil et la moue approbatrice de celui qui en connaît un rayon en la matière, les papiers aux relents mortuaires.

Néanmoins, parvenu au stade de l'œil, un œil qui, lui, ne clignerait plus, avec sa langue qui tournait, sans doute sous le coup de l'émotion, dans mon oreille outragée par tant de masculine humidité, j'ai soudain réalisé, d'où cette angoisse lucide qui me taraudait maintenant sans pitié, que d'une certaine manière, je m'en sortirais peut-être.

Oui, je m'en sortirais sans doute, mais un séjour, même très prolongé en clinique très privée ne suffirait peut-être pas. Même avec une terrasse sympa offrant vue sur le lac et infirmières suisses allemandes, pas de foutues frontalières sous-payées ou de sinistres Slovaques formées sur le tas et vachement âpres au gain.

Ce connard hâbleur et superficiel que j'avais moi aussi planifié de A à Z, en sautant cependant quelques lettres en route, le F et le Q entre autres, je le sentais désormais venir. Sa potence chromée avec la solution NaCl à 0,09 % et les sachets transparents qui pendaient dessus auraient dû me mettre la puce à l'oreille, l'autre, celle sans une langue pour tourner dedans. Genre chinois à fond sur la tradition, il avait pour but avoué de me maintenir à la force du poignet entre vie et trépas le plus longtemps possible.

Un équilibre précaire et pas facile à atteindre du premier coup. Il faut de l'entraînement pour ça, de l'inspiration aussi. Bref, moyennant peut-être l'injection bien ciblée de produits ad hoc de marque américaine fabriqués sous licence en Tchéquie, voire pire, en Pologne, ce connard prétentieux, il avait visiblement l'intention, la ferme intention, de ne jamais me laisser mourir, mais de ne jamais me laisser vivre non plus.

XIII

Ce face à face qui fait mal au ciboulot

Pendant que je cogitais sur ce sort pas bonnard qui m'attendait, littéralement mort-vivant, un truc pourtant assez à la mode, sombre et renfrogné, considérant l'avenir du seul œil qui me restait, j'avais un peu perdu de vue, et je pèse mes mots, le bastringue sanglant auquel il se livrait à même ma pauvre face.

Cependant, ayant à grand-peine évacué les noirs pensers qui m'obsédaient, je revins à ma réalité du moment, une réalité pour ainsi dire aussi charcutière que charcutée, pour profiter pleinement de ce qu'il qualifia, sans rire, « de cerise sur le gâteau, mais pas de bouquet final, attention, mon vieux, on n'en est pas encore là. »

Après m'avoir arraché chacun des cils de la paupière inférieure à la pince à épiler, il l'avait tirée d'un couteau suisse, un Executive 81, un geste totalement gratuit qui ne faisait référence à rien, à aucun passage, pas même une note en bas de page, avec un doigté exquis, il tira lentement sur mon œil qui pendait contre ma joue pour tendre le nerf optique au maximum sans le rompre.

Je fus surpris de découvrir qu'il mesurait, certes à vue de nez, à nouveau, je pesais mes mots, six ou sept centimètres. Taquin, il s'amusa à tourner mon globe oculaire dans tous les sens, provoquant ainsi un capharnaüm de visions étranges et biscornues dans mon pauvre cerveau bientôt migraineux. Des trucs farfelus administrés avec un rictus singulier et par moments vengeur, j'en avais pourtant assez soupé comme ça. Tout le monde a ses limites.

Lui qui était d'un naturel plutôt malicieux, il sembla cependant se lasser assez vite de ce petit jeu à la fois puéril et intrigant, sans doute parce qu'il ne voyait que la moitié du spectacle, le plus intéressant se déroulant au sein de mon cortex visuel, au niveau de mon lobe occipital, première rangée de sièges à droite. Pour qu'il se gavât du résultat de ce qu'il m'infligeait, ces visuelles circonvolutions, il aurait fallu qu'il me pénétrât de bien plus subtile façon qu'il ne l'avait fait jusqu'à présent. Un exploit virtuose dont je l'espérais incapable. À tort.

D'un dernier geste désinvolte, il retourna complètement mon œil afin qu'il me regardât bien en face. Quelque part, ce vis-à-vis-là, c'était le comble. En tout cas, c'est ce que je croyais naïvement. La seule chose dont je suis absolument sûr, c'est que mon mal de crâne a vraiment commencé à ce moment précis, lorsque, sans miroir posé devant, avec ce connard qui ricanait comme un beau diable, je me suis regardé en train de me regarder.

Bref, moi et moi, droit dans l'œil, comme à la fin d'un western spaghetti, on se matait.

Très concentré, appelant à la rescousse toutes mes facultés mentales, j'ai alors visualisé un verre d'eau avec une grosse pastille effervescente qui pétillait joyeusement dedans. L'esprit surpasse la matière, j'y croyais beaucoup, à ce truc au fond très Jedi, mais qui ne m'a pas aidé le moins du monde. Que ce soit le père ou le fils, n'est pas Skywalker qui veut.

Cependant, ignorant ces vains efforts pour m'élever au-dessus de la douleur qu'il m'infligeait non pas sans compter, mais au contraire en comptant bien chaque point, cet assidu bourreau, la langue un peu dehors, le plus lentement possible, avec le bord de son stylo-plume, il a raclé mon nerf optique jusqu'à ce qu'il, dans un claquement joyeux qui résonna dans cette petite pièce remplie de mes livres, cédât.

Parvenu à ce point, pour ma part, nonobstant cette énième cavité dont il m'avait gratifié, la coupe fut pleine et bien pleine. Même si elle n'était pas terminée, j'en eus soudain marre de cette histoire. En de nauséeuses pulsations, une douleur lancinante occulta rapidement toutes mes perceptions. Puisque je ne pouvais plus décemment tourner de l'œil, ce connard jouait avec en affichant des airs de chat matois, je tombai dans les pommes, des bien mûres dont on aurait pu tout juste faire une compote.

Ce n'était pas plus mal et le résultat était le même. Au dernier moment, alors que j'étais sur le point de sombrer, je l'entendis juste, plus très sophistiqué, qui jurait « Mais bordel de merdre, il a roulé sous la bibliothèque, le con, mais le con…! »

XIV

Carpe diem et memento mori

Je ne sais pas combien de temps dura ma perte de conscience. Pas assez longtemps en tout cas pour faire table rase de cette angoisse qui me taraudait, de mon humeur vachement noire ou pour, tout simplement, me retrouver devant une page enfin blanche.

Lorsque je revins à moi, j'étais loin de faire le zouave ou d'être prêt, la bouche en cœur, à jouer, style Proust, les écrivains de salon. Au gré d'un courant tiède, mais inexorable, un courant qui, tel le Zaïre, se dirigeait, qui me dirigeait, qui nous dirigeait vers la chute finale sans se précipiter, un courant contre lequel je ne pouvais rien, je flottais entre deux eaux, comme entre deux univers en osmose, poids mort ou quasi, souffrant tout entier, souffrant du dehors, souffrant du dedans. Bref, en bien mauvais point, un véritable cas d'école pour un sauveur, il serait le bienvenu.

Avec une curieuse platitude, je ne distinguais que des sortes de formes plus ou moins lumineuses, plus ou moins angoissantes, guère mieux. Le monde qui m'entourait se résumait désormais à des lueurs, à des ombres ou à des suggestions. Posés sur la petite table, mes viscères me semblaient à nouveau métamorphosés en un gros poulpe visqueux aux nuances pourpres et violettes. Un poulpe figé en une sorte de sculpture flasque.

En revanche, mon ouïe fonctionnait à merveille. Peut-être qu'à force de me lécher l'oreille avec la vigueur suspecte dont il avait fait preuve, il m'avait débarrassé d'un bouchon de cérumen, car je me rendis compte que je n'entendais que trop bien sa voix à la tonalité à la fois atroce et suave.

– Oui, oui, j'ai fait comme dans la recette, j'ai tout enlevé, dans l'ordre. L'œil ? C'est une vieille affaire qui remonte au premier livre, je me suis juste permis d'en rajouter un peu. Je considère ça comme une sorte de licence poétique ou des droits d'auteur en nature. Comment ? Eh bien, d'abord j'ai sorti les intestins, j'ai bien fait attention à ne toucher ni l'aorte ni les gros vaisseaux qui longent la colonne, mais pour l'artère mésentérique, je n'ai pas pu faire autrement. Je sais, il y a de forts risques de nécrose dans les six heures, c'est con, le corps est parfois mal fait. Oui, oui, il est sous perfusion, et je dois dire, chapeau, il tient bien le coup, il en a sous la pédale. Ceci étant, je n'en attendais pas moins de lui. Après toutes les histoires qu'il a pondues sans le moindre souci du qu'en-dira-t-on, ça aurait été un comble qu'il ne tienne pas le coup, Comment ? Ah moi je travaille au stylo-plume, le modèle Empereur Kirin de chez Namiki. Oui, je sais. Non, c'est que les détournements, ça me parle.

À ce stade-là, ma vision s'est un peu améliorée. Je commençais à percevoir ce qui m'entourait avec plus de précision. Un peu comme un noyé en voie de putréfaction dont l'âme reste encrée au corps malgré tout, je fis tranquillement surface. Je vis qu'il se tenait, le téléphone à l'oreille, appuyé à un pan de la bibliothèque, pile à la verticale d'une meurtrière qui s'ouvrait entre les livres, sous le plafond. Sans se soucier de moi, il devait penser que j'étais toujours dans les vapes, il a poursuivi sa péroraison de connard infatué.

– Ensuite, j'ai pris le foie. Ça, c'est dans le deuxième livre, mais c'est à lire entre les lignes. Oui, j'ai décidé que ce qui n'est pas publié compte aussi, il n'y a pas de raison. J'ai pratiqué l'incision sous-costale comme sur le schéma, oui, non, non, c'est très clair, pas de problème. Ah bon ? Quelqu'un a écrit pour se plaindre ? Qui ? Non... ça m'étonne de sa part, parce que lui, les éventrations, même avec une seule bougie pour s'éclairer, c'est sa tasse de thé. Peut-être qu'il a perdu la main depuis le temps, ça remonte quand même aux années 1890, son histoire à lui. C'est un monde, ça quand même, on vous sert les choses sur un plateau laqué à la main et il y en a pour récriminer. Enfin, Les Anglais savent toujours tout mieux que tout le monde. Comment, lui aussi a écrit ? Tiens, mais il les brûle à la cuisine ses dames, non ? Onze je crois. Ah, Désiré ! Oui, les Français, ça râle beaucoup, chacun sait ça. Comment ? Oui, exactement, j'ai prélevé le rein, c'est aussi dans le premier livre, et j'ai tout préparé comme dans la recette. Rognons « à la canaille » sauce Madère au poivre rose sur un lit de roquette, foie maison aux fèves, pain d'épices grillé au feu de bois et j'ai ouvert une bouteille de Chianti. De toute façon, je commencerai par des huîtres de Gironde avec un peu de Montrachet. Avec l'œil, j'ai fait une sorte de chutney. Non, ce n'est effectivement pas très heureux, je suis un peu déçu, une question de texture sans doute, mais ça valait la peine d'essayer. Oui, c'est ça, je vous laisse voir de votre côté, vous me direz ce que ça donne. Peut-être qu'en le broyant complètement et en le faisant revenir avec des échalotes. Pourquoi pas les deux yeux ? Évidemment, il y en aurait eu plus, mais la loi du Talion, c'est la loi du Talion, or il n'a jamais été question de deux, même hors publication. Qui suis-je pour sortir des clous au premier coup de tête ? Les licences, ça va une fois. Si ça devient une habitude, ça n'a plus aucun sens. Bien sûr, la table est mise. Nappe blanche, bougies, c'est mon côté vieille France. Ah, vous mangez avec lui ? Il se teint la barbe maintenant il paraît. Oui, c'est plus discret, évidemment, parce que le bleu, je crois qu'on est d'accord. Tiens, c'est celle-là qu'il a épousée finalement ? Elle a renoncé à sa maison en pain d'épices au fond de la forêt pour la vie de château ? Meetic fait des miracles. Ceci dit, je m'excuse, mais je me demande si ces deux-là, ça ne va pas tourner à la guerre des Rose. Bref, oui, bonne idée, je vous envoie une photo. Et une avec mon patient. Ah justement, ça tombe bien, il est réveillé. Voilà, alors à bientôt, soit Venise, soit New York, c'est noté. Oui, oui, je n'y manquerai pas, la biz et bon appétit.

Il a coupé la communication et s'est dirigé vers moi en m'adressant un signe du pouce enthousiaste, une moue de vainqueur des grands jours plaquée sur sa face avec mon sang qui désormais s'écaillait dessus en copeaux noirâtres.

– Il est très, très content. Tu comprends, quand on a écrit un livre, on apprécie les retours, c'est normal. Pour un auteur, le contact avec le public, son public, ça compte.

– Oui, je comprends ça très bien, je lui ai répondu d'une voix qui n'était plus la mienne tellement la douleur, masque ou révélateur, l'avait transformée, d'une voix qui laissait en revanche entendre très clairement que j'étais au bout du rouleau, un rouleau qui ne serait hélas pas couvert d'écriture jusqu'au bout, n'est pas Kerouac ou Sade qui veut non plus. De toute façon, le sexe ou les voyages, ça ne m'inspirait pas, mais quelque part, c'était tant mieux, parce que tout ce cinéma aussi pompeux que pompant commençait à tirer un peu en longueur. À ce niveau-là, on n'était d'ailleurs pas loin de tutoyer Lanzmann.

– Houlala, ça ne va pas très fort, on dirait, il a dit tout de suite en rangeant son téléphone, tout alarmé, les bourreaux supportant mal qu'un coup du sort leur coupe l'herbe sous le pied, attends, on fera les photos après.

Très affairé, il s'est mis à tourner autour de moi. Il a vérifié toutes les perfusions, il a appliqué de nouveaux sparadraps pour faire tenir les cathéters bien en place, il a tapoté de l'ongle sur les sachets, marmonnant une sourde mélopée, peut-être une prière, à qui pouvait-elle bien s'adresser, il m'a ensuite généreusement encensé d'un opium qui venait direct du Triangle d'or, de la bonne qualité.

Puis, les sourcils rejoints, avec une nouvelle pochette tirée de son inépuisable pile, elle était vieux rose, il m'a essuyé méthodiquement le front pour finir par se planter devant moi, tout soucieux, les nerfs visiblement en pelote et les mains profond dans les poches, un truc con à se déformer le pantalon.

Il aurait dû y penser, car, même au pire de la tourmente, un homme, pour ce qui touche à l'habit, il se doit d'assurer grave.

– Ne t'avise pas, m'a-t-il alors menacé d'une voix lente et ferme, ne t'avise surtout pas de me claquer entre les doigts. Nous n'en avons pas encore terminé tous les deux.

– Ah oui ? Et qu'est ce que tu vas bien pouvoir me faire, maintenant ? j'ai rétorqué avec la fierté hautaine de celui auquel on ne peut plus rien prendre, mais qui, opiniâtre, n'a pas tout donné pour autant.

– Tu te demandes ce que je peux bien te faire, mon vieux, c'est bien ça ? Sache que, contrairement à toi, je ne manque pas d'imagination. Sache que, contrairement à toi, je n'ai pas de limites. Sache que, moi, j'ai de quoi en remplir bien plus que trois, des livres Si je le veux, je peux garnir cette pièce tout entière de tes organes répandus et te garder en vie pour autant. Il t'en reste tout de même un certain nombre, de trucs cruciaux en ton for intérieur, tu devrais y penser, eh oui. Si je le veux, je peux séparer ton système circulatoire de ton système nerveux et te garder en vie pour autant, eh oui. Si je le veux, je peux au contraire mélanger ces mêmes systèmes, en faire des origamis compliqués, des origamis de classe internationale, j'ai un autre livre pour ça, et te garder en vie pour autant, eh oui.

Il sortit les mains de ses poches et darda un index accusateur vers moi.

– Ce serait d'ailleurs un moyen pour toi, en un bienvenu lâcher-prise, d'accéder à d'autres strates tant de connaissance que de conscience, ce serait un moyen pour toi d'ouvrir les champs du possible. C'est ça que tu veux ? C'est bien ça ?

XV

Un répit bienvenu, un break, quoi

Je n'ai rien répondu. Se taire, c'était sans doute la meilleure solution. Quoi que je dise, finalement, ce serait toujours pour ma pomme, une pomme dont, effectivement, il ne tarderait plus à faire une compote peut-être indigeste. C'était inutile de marcher en chaussettes pur fil d'Écosse sur des œufs bio avec des airs madrés, ils seraient bientôt cassés et cette histoire finirait sans doute en une omelette baveuse à souhait et aux fines herbes qui serait justement servie un peu avant la compote.

Cette fumisterie aux gastronomiques relents, elle était sans doute écrite en gros, voire en gras, jusqu'à la fin. Alors, à quoi bon s'échiner à rajouter des lignes de dialogues pour les voir aussitôt raturées avec des airs aussi impérieux qu'impériaux ?

– Bref, est-ce que tu vois où je veux en venir ? il a continué sur le même ton. Plus simplement, mon vieux, j'aimerais que tu comprennes que je t'ai ménagé, parfaitement. Alors ne ramène pas ta fraise maintenant, genre, j'ai tout vu, genre on m'a tout fait, OK ?

– Ouais, j'ai quand même dit au bout d'un petit moment avec ma voix que je ne reconnaissais toujours pas.

– Voilà, j'aurais préféré que tu dises « oui », c'est plus élégant, mais je te remercie pour cette réponse claire. J'aime pouvoir tabler sur du solide. Maintenant, passons à autre chose. Est-ce que tu voudrais un peu d'eau ? Je te proposerais bien un verre de vin ou du whisky, j'ai des sacrées bouteilles en réserve, tu le sais, mais dans ton état, tu m'excuseras, ce serait vraiment du miel au cochon. Donc, pour te saouler, c'est niet, désolé mon vieux.

– J'aimerais bien un peu d'eau, merci bien, je lui répondis sans me vexer plus que ça pour le coup du cochon et de ce miel dont, soucieux de ne pas mélanger les torchons et les serviettes, on ne le gratifierait pas.

– Plate ou gazeuse ?

– Plate, merci bien.

– Voss, Ramlösa ou Saint-Georges ?

– Saint-Georges, merci bien.

– Saint-Georges ? Très bon choix. C'est parti, une Saint-Georges, une.

Il s'est une nouvelle fois calté dans cet espace dont je ne savais rien. Comme au début, ça lui a pris un petit moment. Il semblait se débattre âprement avec tout un commerce rangé de manière peu pratique dans de très hautes étagères avec d'étroites échelles appuyées contre. Il y eut des sons, de bois, de métal, de tissu qui résonnaient, tintant, claquant, froufroutant, comme dans un espace immensément vide. Il me sembla même entendre des pierres rouler doucement le long de pentes herbeuses alors que des voix gutturales et altières s'apostrophaient sans fin dans une langue presque aussi morte que de l'araméen, ou peu s'en fallait, du romanche, c'est dire.

Soudain, il avait l'air un peu marqué, comme s'il avait marché des heures durant, il est revenu avec un citron, une grosse paille rose articulée, une bouteille et un verre à fond épais avec quelque chose écrit en japonais dessus.

– Ben oui, c'est plus simple, non ? il a dit en interceptant mon regard sur la paille, sinon, tu vas en mettre partout. Allez, elle est à température ambiante, c'est mieux, ça désaltère plus. Tu sais que les Bédouins boivent du thé chaud dans le désert ? Bon, moi je dis ça, mais les randonnées avec sac à dos et chaussures de marche, c'est exactement le genre d'expéditions craignos auxquelles je déclare « c'est sans moi les gars ». Mon point de vue sur la campagne est des plus céliniens, je ne m'en cache pas. Je suis un gars de la ville, je pense que ça se voit. Un parc entouré d'immeubles de standing avec de jolis sentiers bien entretenus dedans, je n'envisage pas la nature autrement. Ce n'est pas toi qui vas me dire le contraire, étant donné que c'est exactement dans ce genre de quartier que tu es né.

Après cette dernière précision, il m'a versé un verre d'eau garni d'une épaisse tranche de citron. « Tu ne cracheras pas sur un peu de vitamine C, je pense », m'affirma-t-il en plongeant la paille dedans, après l'avoir, prévenant, pliée à angle droit.

Au moment où il allait mettre la paille dans ma bouche, moi j'avais vraiment soif et je n'attendais plus que ça, j'ai aperçu une lueur à la fois mauvaise et espiègle dans son œil. Alors, tout en me gardant bien de l'ouvrir, je me suis dit, quoi encore, mais quoi encore, merde à la fin.

À mon avis, je fis bien, parce que ce qu'il me fit subir ensuite, c'était suffisamment tordu comme ça.

XVI

Une mise au point nécessaire, mais difficile à avaler, c'est que des fois, il faut ce qu'il faut

Sa nouvelle idée, c'était une idée vraiment stupide. Arrivé à la hauteur de ma bouche, il a frôlé mes lèvres de sa grosse paille rose. Puis, avec un sourire torve, il a lentement dévié le long de ma joue pour remonter jusqu'à mon œil, enfin, jusqu'à mon orbite vide, puisque désormais c'était ça les termes appropriés, orbite vide.

Le bout de plastique frottait doucement ma peau. Ce n'était pas une sensation agréable. Allez savoir pourquoi, elle me donnait pourtant l'impression d'être en vie. Peut-être me faisait-elle penser à l'été ? Oui, le frottement de cette paille contre la peau de mon visage, il avait quelque chose d'estival, il avait quelque chose d'heureux, d'enchanté.

Nous étions partis au Japon, à Okinawa, toute la famille. La coupure, l'évasion, un séjour de rêve, pas un touriste à l'horizon, un immense bungalow en bord de mer, pour nous tous seuls, un temps superbe, plages de carte postale, nourriture fabuleuse, quelques visites, beaucoup de farniente, pas mal de temps passé à entretenir un petit jardin zen à l'abandon, de nombreuses lectures, ma petite fille courait, libre, heureuse, avec ses nouvelles copines japonaises, et surtout mon épouse qui posait alors un regard tendre sur moi, un regard d'amoureuse et d'amante, entre nos doigts qui tremblaient un peu, entre nos doigts qui espéraient, nous tenions un frêle esquif blanc avec deux lignes bleues dedans, elle commençait à poser les mains sur son ventre encore plat.

L'horizon du Pacifique recelait bien des promesses. Elles ne seraient pas tenues.

Différents rythmes, différentes gestations.

À ce moment-là, j'eus l'impression que l'espace se contractait tout entier. Tout se resserrait autour de moi. Je me sentis comprimé, écrasé par une force qui me dépassait, une force qui me pressait de tous les côtés à la fois. Et, au loin, et, ailleurs, je crus entendre comme un cri d'une puissance sans pareille. Un cri de douleur et d'attente qui transperçait les dimensions. Un cri primal.

Ensuite, ça a fait comme les autres fois. Pour tenir le reste à distance, j'ai eu beau essayer de me remémorer d'autres choses, de bonnes choses, ce face à face à la fois improbable et inéluctable que je m'infligeais m'a impitoyablement ramené à la réalité. Une réalité qu'on aurait eu de la peine à faire tenir sur une carte postale, même de grand format. Pour le moment, il se contentait de promener le bout de sa paille rose le long de la cavité sanguinolente que mon globe oculaire arraché, à l'aide justement d'un stylo-plume de marque japonaise, avait laissée derrière lui. Une sorte de pause, quoi.

Comme un enfant qui s'amuse, émerveillé, à tracer des cercles concentriques sur une feuille blanche avec son nouveau feutre, il en faisait doucement le tour, il dessinait sur mon visage dévasté. Soudain pris d'une autre impulsion, ce connard n'était jamais à court d'idées bonnardes, il a mis un bout de la paille en bouche et il s'est mis à aspirer, ma foi assez goulûment, de petits morceaux de peau et de chair qui traînaient le long de mon orbite.

D'un seul coup, je n'ai plus rien senti. Je voyais bien qu'il faisait quelque chose avec sa foutue paille rose à la con, mais je ne sentais plus rien, je n'entendais plus rien.

Une absence de sensation pire que toute sensation.

– Tu fais quoi ? j'ai crié, affolé, tu fais quoi ? C'est en plus ça, c'est en plus, tu n'as pas le droit.

– Hein, il a répondu avec un air coupable de gamin qui a sauté des pages pour savoir la fin avant, moi ?

– Mais oui, toi, arrête ton char ou bien, il n'y a personne d'autre ici, tu fais quoi ?

– Mais rien, je ne fais rien, moi, il a continué avec les mains comme un joueur de foot après une faute vache dans la surface de réparation.

Et puis il a eu un sourire enfantin, genre, c'est bon tu m'as chopé, j'avoue tout.

– OK, je reconnais, j'ai planté la paille dans ton cerveau, pile entre deux circonvolutions. Hémisphère gauche, lobe frontal. J'ai essayé d'aspirer un peu, hélas rien n'est venu. Euh, tu sens quelque chose au moins ?

– Non, je ne sens rien, mais c'est vraiment gentil à toi de me faire part des jeux idiots auxquels tu te livres avec mes restes, vraiment.

– Oui, je t'en prie, c'est normal. Dis donc, il faudrait peut-être que je touille un peu, pour voir ce que ça donne, non ? Le lobe frontal, c'est pas le langage, le contrôle des mouvements ? Est-ce que je ne pourrais pas te faire gigoter rien qu'en tournant cette paille ? Pour le coup, tu serais comme une marionnette entre mes mains. Vu notre passif, enfin, notre « vécu », c'est moi qui mets les guillemets, précisa-t-il avec les doigts en crochet au-dessus de sa tête, cette perspective est très tentante, je ne te le cache pas.

– C'est ça, peut-être que tu pourrais, oui, mais est-ce que je ne t'ai pas entendu dire tout à l'heure, ici même, et tu ne parlais pas à n'importe qui, je crois, que tu n'étais pas du genre à sortir des clous au premier coup de tête, que la loi du Talion, c'était quelque chose qui comptait pour toi ?

Espérant qu'il braquerait soudain vers lui cette obscure vindicte qui l'habitait, j'ai laissé un ange passer à coups d'aile désinvoltes. Dieu sait comment il était entré dans ma bibliothèque, cet incongru dodu dodo au poupin visage. Peut-être s'était-il échappé du tome deux ? Il n'en fut hélas rien. Ses désirs de vengeance compliqués, ce connard, c'est à moi qu'il les réservait. Les rapports avec le créateur sont parfois tendus à l'extrême. Ceci étant, brusquement animé d'une rage triomphale, j'ai décidé de poursuivre.

– Et puis, quoi que tu dises, quoi que tu fasses, quel que soit ton « scénario », ou ce que tu penses être ton scénario, ne l'oublie pas, ici, ce sera toujours toi, la marionnette, ce sera toujours toi, le pantin.

XVII

Un chat piqué au vif se transforme parfois en loup, bref, de Charybde en Scylla

Je vis une ombre passer sur son visage où mon sang se décollait par petites plaques. Cette ombre, peu à peu, elle s'est agrandie. Comme une coulée d'encre, elle s'est lentement répandue sur le sol où elle lui fit alors une tête avec un museau allongé et de hautes oreilles pointues. Cet inquiétant faciès, ce faciès de prédateur qui guette au coin du bois, voire à la croisée des chemins, qui déciderait si c'était celui du grand méchant loup des Grimm, bon karma, ou celui de Perrault, mauvais karma ?

La bouche en cul de poule, un truc qu'il aimait visiblement bien faire, il a lentement retiré la paille de mon cerveau. En silence, un silence de tombeau égyptien fermé à double tour depuis des milliers d'années, il m'a donné à boire. Moi, sans pavoiser pour autant, j'avais bien vu que j'avais marqué un point.

Pour parler une fois de plus ballon rond, avec cette histoire de pantin, c'était un vrai boulet de canon dans la lucarne que je lui avais envoyé. Simplement, je ne savais pas encore si c'était un autogoal. En attendant que la décision tombe, ça prendrait du temps parce que ce con de Platini refusait la vidéo, comme si j'allais tout de même m'en sortir, comme si mon corps avait encore besoin d'un apport quotidien en sels minéraux de qualité, goulûment, j'ai aspiré toute l'eau que je pouvais.

– C'est pas faux, ce que tu dis, c'est pas faux du tout, il a alors déclaré d'une voix sourde. Donc, tu veux jouer à ça. Tu veux que toute cette histoire, elle se déroule *by the book*. C'est bien ça que tu veux ? Enfin, en l'occurrence *by the books*, œil pour œil et dent pour dent. Parce que, pour le coup du pantin, on verra après. Pour l'instant, je digère ça tranquillement. Je savoure même. Mais tu ne perds rien pour attendre.

Tout en me disant « heureusement que je ne lui ai rien fait avec les dents », j'ai bien réfléchi avant de répondre. Finalement, j'ai décidé de dire la stricte vérité. Peut-être que je n'avais plus rien à gagner en faisant le malin auquel on ne peut rien cacher.

– Moi, ce que je veux, c'est rentrer à la maison, c'est ça que je veux, j'ai confessé sur un ton geignard, le reste je m'en tamponne le coquillard.

Aussitôt, j'ai regretté mes paroles trop hâtives et, intérieurement, j'ai adressé une prière suppliante à qui voulait bien l'entendre, « non, pitié, non, pas le coquillard, c'est mon jardin secret, non. »

– Tu veux rentrer à la maison ? Mais tu es à la maison ! Alors ne sois pas stupide, je t'en prie, ne me fais pas perdre mon temps, il a rétorqué, agacé.

Ceci étant dit, et bien dit, il a ouvert une petite valise qui était soudain là et il en a sorti deux grosses seringues avec des trucs en japonais écrits dessus. Dans l'une, il y avait un produit bleu pétant, dans l'autre un produit rouge pétant. Il en a pris une dans chaque main et, le regard fixe et la mine chiffonnée, s'est avancé vers moi.

– Ça va te remettre sur pied, enfin, on se comprend, ça va te permettre de tenir le coup jusqu'au bout, il a marmonné en me les plantant soudain toutes les deux dans le cœur.

Il a appuyé pour expulser les liquides et aussitôt, j'ai senti des picotements dans ma poitrine, puis dans mon corps tout entier. Ensuite, me laissant avec les seringues vides fichées dans le torse qui bringuebalaient, il est allé récupérer son fameux bouquin écrit par un autre connard de son acabit et il a pris au passage une bouteille qui était dissimulée derrière une rangée de livres. Décidément, dans cette bibliothèque, il y avait à boire et à manger. Revenu vers la petite table, il s'est emparé de mon verre, d'un geste sec du poignet, il en a expulsé paille et citron, et, visiblement apaisé, il y a versé une généreuse rasade d'un alcool aux teintes caramel.

– C'est un Talisker tout simple, un *cask strenght* qui envoie un peu, je ne te dis que ça, tu peux me croire sur parole. Enfin, c'est pas comme si tu étais bientôt en mesure de l'offrir à quelqu'un pour Noël, hein. De toute façon,

Noël, c'est aujourd'hui, alors pour des dernières courses en vitesse, c'est râpé.

En levant le coude bien haut, droit dans ses mocassins Berluti, il éclusa son verre d'un seul coup. Ensuite, il s'en servit un autre qu'il but plus calmement, en savourant chaque gorgée avec un plaisir évident, mais pas communicatif.

– Le whisky, je le bois toujours sec. Les glaçons, c'est pour les fienteux du palais qui ont peur de connaître le véritable goût des choses, il m'a soudain confié comme si c'était un secret capital, comme si c'était de la pierre philosophale dont il parlait, rien de moins.

Après avoir effectué quelques pas qui ne devaient rien au hasard, d'un geste vif, il ramassa la rondelle de citron et il la pressa fort entre ses doigts pour en extraire le jus.

– Tu sais, pour le coup du pantin, tu pensais sans doute que c'était bien vu, bien envoyé même. Cependant, maintenant, c'est moi qui fixe les règles. C'est moi qui tire les ficelles. Les courtes comme les longues. Le mec qui déroule le fil d'Ariane, c'est moi. Je suis le Minotaure, je suis Thésée, je suis le labyrinthe, et, même si c'est la seule chose qui te reste, je refuse d'être à la merci de ton sens de la répartie.

Le parallèle mythologique, c'était bien trouvé, ma foi. Et fort bien dit, même si, à mon sens, il se trompait. Ces ambitieuses comparaisons, c'était pure hubris de sa part. Surtout, dans son délire omnipotent, il restait un rôle qu'il n'avait pas distribué. Celui de Dédale en personne, le mec qui place les pions et qui trace les plans. Il était pour moi. Bien sûr, dans ce nouveau casting, il y avait aussi Icare, celui qui se brûle les ailes et qui meurt à la fin, mais j'essayais de ne pas y penser.

Tout remonté par cette histoire de ficelles qu'il avait l'intime conviction de tirer, il a soudain fourré la rondelle de citron profond dans mon orbite et il l'a assidûment frottée contre mes plaies. Histoire que le jus coule bien. Histoire, sans doute, de me faire gueuler encore, douce musique à ses oreilles pointues de grand méchant loup du conte, un grand méchant loup dont on se demande, qu'il soit une fois de plus caressé dans le sens du poil ou pas, si, à la fin, il sort les pieds devant.

Eh bien, ça dépend justement des versions.

Nonobstant cette cruciale incertitude, c'était vraiment un connard, ce mec. Mais un connard que j'adorais. Je n'en démordrais pas. Ça, c'était ma faute. Dès le début, dès les premières lignes, comme il l'avait affirmé peu auparavant, je m'étais tiré une balle dans le pied, à bout portant.

XVIII

Expectatives digestives

Lorsque je sortis de ces vapes dans lesquelles j'étais pourtant très bien, la musique avait changé. Forcément, je ne criais plus, j'avais juste la bouche un peu sèche et le palais collant. C'est ça de tomber dans les pommes le bec ouvert, j'ai pensé. Non, acoustiquement parlant, l'ambiance était autre, tout autre. Là où j'aurais attendu, certains clichés ont la vie dure, *les Variations Goldberg* ou *le Requiem* de Mozart, après tout, je trouvais que je le valais bien, c'était du Jean-Jacques Goldman à fond les ballons qu'il écoutait sans souci du qu'en-dira-t-on. *Puisque tu pars*, il avait mis, ce connard, rien que ça. Un tube néanmoins de circonstance.

L'œil brillant, un verre à la main, il était assis à table devant des assiettes vides. La tête renversée en arrière, détendu, repu, il fumait un cigare de calibre assez conséquent. Bref, tout dans sa pose indiquait que c'était un vachement bon repas qu'il s'était envoyé et que ça valait vraiment la peine de sortir le barreau de chaise cubain pour l'occasion en écoutant sa chanson préférée. *Puisque tu pars*, donc.

Il s'amusait à garder la fumée un moment dans sa bouche avant de la laisser monter en d'onctueuses nappes gris-bleu qui stagnaient autour de lui avant de se laisser doucement aspirer pour disparaître par la petite meurtrière qui s'ouvrait au-dessus des livres.

Pour ma part, même si j'étais cruellement conscient de tout ce qui manquait à mon corps malmené, à mon corps évidé, à mon corps révélé, certes de bas morceaux pour la plupart, étrangement, je me sentais presque bien. Je me sentais bien comme si, en définitive, ces ablations peu académiques qu'il m'avait infligées en un curieux festival de chair, elles m'avaient allégé, elles m'avaient rendu plus détaché, plus serein.

Assez vite, j'ai senti que ce connard avait laissé la tranche de citron enfoncée dans mon orbite. Bizarrement, ou logiquement, les relations humaines, c'est parfois le souk, cette petite pique de sa part m'a fait sourire. J'y voyais une attention un peu taquine, une sorte de clin d'œil un peu astringent. Néanmoins, après, j'ai senti quelque chose d'autre. Une sensation curieuse, très désagréable. Une sensation complètement nouvelle. C'était comme un souffle frais à l'intérieur de mon crâne, une brise légère contre mon cerveau à nu. Faisant preuve d'une certaine sagesse, une sagesse d'autruche, quelque part, celle de tout un chacun, j'ai préféré ne pas savoir de quoi il retournait. De toute façon, en l'occurrence, comment l'aurais-je pu ?

En le regardant fumer, deux pensées contradictoires ont aussitôt croisé le fer en moi. D'abord, ce cigare, il sentait drôlement bon et, avant, j'en fumais tous les jours. Mon épouse m'ayant fait comprendre qu'on ne fumait pas avec des enfants dans les parages, ou alors je n'avais qu'à leur en payer une, de maison, avec jardin, mais ce n'est pas avec ce que l'écriture me ramenait que ce serait demain la veille, et pourtant j'y consacrais le plus clair de mon temps, n'est-ce pas mon chéri ? Cette période où une fumée bienvenue enrobait chacun de mes gestes appartenait désormais à l'histoire, la petite. Voilà, alors, ce cubain qu'il se tapait au moment du pousse-café après un frichti compliqué dont j'avais été l'entrée et le plat principal, il me faisait saliver.

Cependant, je me suis aussitôt demandé ce qu'il allait bien pouvoir encore me faire, avec ce truc incandescent. Est-ce que tout cela ne finirait donc jamais ? Est-ce que ce n'était pas l'heure du dessert, est-ce que ce n'était pas l'heure de la conclusion ? Toutes les bonnes choses ont une fin, chacun sait ça. Les mauvaises aussi d'ailleurs, et il faut savoir en finir, avec panache, si possible, c'est une vertu pas loin d'être cardinale.

XIX

Cette fumée qui nous enveloppe en permanence

– C'est un Churchill de Roméo & Juliette, il m'a alors lancé sans me regarder. Un grand classique, beaucoup plus intéressant que ces Cohiba dont, si tu veux mon avis, on parle beaucoup trop. Il aurait mieux valu que cette marque restât confidentielle. Tu sais qu'à l'origine elle était réservée à Fidel Castro et aux huiles du gouvernement cubain ? Bref, celui-là, c'est vraiment un cigare de connaisseurs, une vitole à la fois solide et subtile. De la puissance qui monte graduellement, une fumée boisée, des arômes de café torréfié, de terre humide et d'épices, notamment de poivre vert. Une vraie balade en forêt, au début de l'automne. Est-ce que tu sens le poivre vert ?

– Oui, je crois, il me semble le sentir, j'ai répondu avec une certaine hésitation, enfin, dans mon état, tu sais…

– Dans ton état quoi ? il m'a rétorqué d'un ton tranchant, ton nez est intact que je sache.

– C'est vrai, excuse-moi, enfin, tu sais, on n'a pas de poivre vert à la maison.

– Ah, c'est à ce niveau-là que le problème se situe ? Dans ce cas, si tu es incapable de garnir ta cuisine d'épices convenables, comment t'en vouloir ?

– Disons qu'avant, je lui ai répondu, pas fier, chaque soir, c'est moi qui cuisinais pour toute la famille. C'est grâce à mon épouse que je me suis mis aux fourneaux. Je m'en sortais plutôt bien.

À ce moment-là, j'eus l'impression que l'espace se contractait tout entier. Tout se resserrait autour de moi. Je me sentis comprimé, écrasé par une force qui me dépassait, une force qui me pressait de tous les côtés à la fois. Et, au loin, et, ailleurs, je crus entendre comme un cri d'une puissance sans pareille. Un cri de douleur et d'attente qui transperçait les dimensions. Un cri primal.

– Avant ? Et quelle est la raison, s'il y en existe une, de ce relâchement ? fit-il nonchalamment, comme si de rien n'était, très occupé par les volutes qui stagnaient au-dessus de sa tête.

– C'est à cause de toi, j'imagine, je lui ai répondu avec une pointe de défi dans la voix.

– C'est donc une bien mauvaise raison que tu imagines là. C'est toujours la faute de l'autre, c'est bien ça ? C'est pas moi, m'sieur, c'est lui !

Il fuma encore un moment, pas vraiment présent, avant de se remettre brusquement à pérorer, tout content de lui, ce connard qui me devait tous ses choix, ce dandy à la mords-moi-le-nœud qui me devait son prétendu bon goût, son constant snobisme et ses métaphores pas toujours métaphoriques.

– Au fait, ne t'inquiète pas. Avec le cigare, il ne va rien se passer. Certaines choses ne se font pas, tout simplement, et puis il faut savoir respecter de petites trêves comme celle-ci, des moments suspendus, contemplatifs. Les Japonais appellent ça le « ma ». C'est un concept esthétique très important chez eux. Tu seras peut-être intéressé d'apprendre que le caractère écrit, le kanji, symbolise le soleil entouré de portes, de hautes portes. Littéralement, il signifie « espace, intervalle ».

Son explication terminée, il a continué de fumer en silence. De temps en temps, il buvait une gorgée, sans doute de ce Talisker dont il m'avait fait le bref, mais élogieux article. Sur la table, la bouteille de Montrachet était vide, celle de Chianti également. Les assiettes et les couverts étaient disposés un peu n'importe comment, la serviette posée en tas dans un coin. Elle était chiffonnée, mais, c'était tout à son honneur, immaculée, et je crus distinguer des initiales brodées en rouge dans un angle, S. A.

Je l'ai observé à nouveau. C'était comme s'il avait besoin, viscéralement, de tout cet imbroglio à la chinoise. Ces aphérèses, ces mutilations à mon endroit, ce repas décidément pas comme les autres, il lui fallait bien ça pour enfin se calmer, pour enfin mettre ses TOC sous le boisseau. Par jeu, par ennui, par dédain, comme autant de petites barques en partance pour Dieu sait où, il s'était amusé à disposer les huîtres vides sur mes intestins toujours posés sur la table en une immobile masse. Chacune d'entre elles contenait un petit papier avec quelque chose de peut-être vraiment crucial écrit dessus.

– Au fait, déclara-t-il soudain, tu seras content de savoir que j'ai envoyé les photos dont on parlait tout à l'heure. Il est très content, et moi aussi, je ne te le cache pas. D'ailleurs, il a fait en se levant avec des airs concernés, d'ailleurs…

Il s'est rendu sous la meurtrière et il a levé un peu son téléphone portable en direction de l'ouverture.

– La connexion n'est pas terrible ici, heureusement qu'on a conservé ce soupirail, sinon, ce serait tintin. Ah voilà ! J'ai mis aussi les photos sur mes comptes Instagram et Twitter, j'espère que ça ne te dérange pas, parce que j'aime autant te dire que ça y va ! Plus de six cent cinquante « j'aime » et quarante-deux retweet. Pas mal non ?

– Oui, j'imagine, quoique, tout est relatif, non ? Roger Federer fait mieux, je crois.

– Mais bien sûr que Roger Federer fait mieux, Joël Dicker aussi, mais enfin, tout est relatif et comparaison n'est pas raison, tout le monde sait ça, hein ! Tu ne vas pas faire ton rabat-joie quand même, pour une fois que le héros, c'est toi. Surtout que je viens de les poster ! C'est plutôt une belle audience, moi je trouve. Au fait, qu'est-ce que tu penses du nouvel iPhone ? il m'a demandé avec un intérêt soutenu, il considérait son appareil sous toutes les coutures comme s'il le découvrait à l'instant même.

– Je ne sais pas, moi, j'ai un Sony Xperia, j'ai rétorqué, laconique, et puis je croyais avoir bien stipulé que toi, ces histoires de portable, tu t'en balançais grave.

– Oui, eh bien sache que cette attitude passéiste que tu me prêtais en bien des circonstances, je ne l'ai jamais comprise. Je pense au contraire qu'un homme se doit d'être constamment tant à la page qu'au taquet.

J'allais lui répondre, c'est alors, rebondissement très inattendu, qu'on frappa à une porte dissimulée dans les rayonnages de la bibliothèque. Peut-être benoîtement, je pensais que le genre adopté, le huis clos donc, exigeait que personne ne nous dérangeât jusqu'à la fin de cette drôle d'histoire. Une histoire qui n'avait rien d'une bluette, une histoire qui se voulait peut-être, ô fatuité, le dernier chant d'une fichue saga et surtout le premier chapitre d'une odyssée nouvelle, d'une odyssée qui ferait voir du pays et qui mettrait les points sur les i.

Cependant, il n'eut pas l'air surpris le moins du monde. Il rangea rapidement ce portable dont il était si frais chié et se dirigea avec empressement vers cette invisible lourde entre les livres. Emporté par sa précipitation, il heurta soudain le pied de la table.

– Ça va, j'ai crié tout de suite, tu ne t'es pas fait mal ? Tes Berluti n'ont rien ?

Lui, il s'est redressé lentement, il est venu vers moi et m'a regardé, ému.

– Alors, on y est ?

– On y est où ? j'ai demandé encore un peu sous le choc, il avait failli s'étaler tout de même.

– Mais au syndrome de Stockholm, c'est goal, on y est !

Moi, je n'ai rien répondu. Intérieurement, j'ai quand même pesté. Le syndrome de Stockholm, c'était un peu la honte, un vrai truc de nénette. Rien ne me serait décidément épargné. Il m'a tapoté gentiment la joue avec des airs doux sur sa gueule de connard où mon sang s'écaillait de plus en plus pour révéler peu à peu un visage que je ne connaissais que trop bien.

– On a bien travaillé, quand même, mais allez, c'est pas le moment de se reposer sur nos lauriers.

Et d'un pas alerte, glissant sa main entre les livres avec les longs titres écrits dessus, les livres avec son nom et le mien écrits dessus, il est allé ouvrir à un haut bonhomme en gilet à rayures jaunes et qui affichait des airs pincés sous un crâne dégarni.

XX

Comme annoncé, ce n'est pas un Deus ex machina qui se pointe in extremis

– Ah, Nestor, vous tombez bien, nous finissions. Quelles nouvelles de là-haut ?

– L'ambassadeur du Japon Kozaburo Kaneyama sensei est arrivé, Monsieur. Il se permet de vous transmettre sa carte, que voici, et ses compliments, que voilà, répondit Nestor, avec une courbette plutôt réussie.

– Ah, parfait, parfait, écoutez, faites-le donc descendre, voulez-vous ? J'ai une surprise pour lui.

– Bien sûr, Monsieur, avec plaisir, Monsieur.

Et l'austère larbin s'esquiva incontinent avec son gilet de Maya l'abeille et les airs pincés sur sa tronche toujours allongés. Quant à lui, il referma la porte et se tourna vers moi, réjoui, genre, c'est enfin la timbale qu'on a décrochée.

– Ce Nestor, c'est une crème, mon vieux. Des comme lui, il n'y en a pas deux.

Puis, les mains sur les hanches, impatient, il a continué à tirer sur son cigare, mais je voyais bien qu'il avait l'esprit ailleurs, je voyais bien qu'il en profitait moins. Au bout d'un moment, comme s'il s'était soudain rendu compte de quelque chose de grave, il s'est rapidement mis à débarrasser la table et à l'épousseter avec une énième pochette, une orangée avec des motifs indiens dessus. Après, il s'est frotté les mains d'un air préoccupé, et brusquement, comme s'il avait le diable à ses trousses, il est parti en courant derrière moi en jurant « quel con, mais quel con ! »

Comme d'habitude, j'ai eu droit au récital de bruits incongrus, il m'a juste semblé cette fois entendre, helvétique cocasserie, des cors des Alpes. Au bout de quelques minutes, il est revenu, essoufflé, mais rasséréné. Il tenait un gigantesque vaporisateur de fleuriste à la main, un Salmanazar ou un Balthazar, pas moins. Un exploit qui mérite peut-être d'être relevé, son cigare ne s'était pas éteint en route.

Aussitôt, il s'est précipité vers mes boyaux qui tiraient la gueule et, avec des gestes de chef d'orchestre le soir de la première, avec des gestes d'auteur qui espère, il a tourné autour de la table pour, militaire et laborieux à la fois, les asperger artistiquement d'une brume légère qui ne tarda pas à les rendre tout brillants comme dans une publicité où l'on cherche à nous enfiler un truc pas forcément très bon pour la santé.

– Il faut que ce soit plus lumineux, tu comprends ? m'expliqua-t-il comme s'il me dévoilait de nouveaux plans qui changeaient la donne.

Il les a encore arrangés de la main pour leur donner un aspect plus rebondi et il a remis les huîtres avec les mystérieux papiers dedans bien en place. Enfin, les genoux légèrement fléchis, les mains écartées à plat, il a reculé. Avec une moue satisfaite, il a contemplé son œuvre. Moi, j'étais d'accord avec lui, on se serait cru chez Fauchon, pas moins.

– Pas mal, hein, on a alors murmuré comme un seul homme.

Finalement, le diable, il n'était pas à ses trousses, mais dans les détails. Ensuite, en se redressant, il a claqué dans ses mains avec un enthousiasme certain.

– Bon, il était moins une, c'était par les poils, mon vieux, et pas n'importe quels poils, des courts, des bien frisés. J'entends du bruit dans les escaliers, il arrive. Tiens-toi bien, je compte sur toi, pas de blagues vaseuses, il a fait en agitant à nouveau son doigt très vite dans ma direction en de très accélérés tic tac tic tac.

On a frappé et, avec une joie non dissimulée, cigare fièrement vissé au bec, il est allé ouvrir tout grand la porte. Cet ambassadeur du Japon, il devait vraiment en attendre beaucoup, la lune peut-être. Ou alors il le connaissait drôlement bien, ils étaient allés skier ensemble à Verbier et après, ils avaient bu des Williamine jusqu'à rouler sous la table.

Derrière le battant, il y avait de nouveau le larbin pas marrant. Il était accompagné d'un petit mec baraqué et gratifié d'une tête qu'on ne se serait pas attendu à voir sur les épaules d'un diplomate de haut vol. Pour tout dire, au niveau de son cou, à ce gus, il y avait comme un sévère hiatus. C'était plutôt la bobine d'un type spécialisé en cérémonie du thé qui dégénère incontinent, du genre même pas le temps de tourner trois fois l'estimable bol antique dans la main en faisant « oooooh » qu'on se retrouve, sans trop savoir pourquoi, au cœur du combat. Dans les bras, cet ambassadeur avec la tronche qui ne seyait pas à sa fonction, il tenait un grand paquet avec du papier autour. Peut-être un bouquet, le final.

Les deux, en s'inclinant à plusieurs reprises, à chaque fois un peu plus bas, ils se sont copieusement salués en japonais. De part et d'autre, en proportions inégales, il y avait du désir, de la symétrie, de la méfiance. Une fois leur cryptique gymnastique du buste performée, le connard prit des deux mains, d'une seule c'était l'incident diplomatique garanti sur facture, le paquet de l'ambassadeur pour, avec une certaine cérémonie, le déposer sur la table. Comme quoi, il avait bien fait de débarrasser avant. De sa part, c'était carrément bien vu.

Ils ont ensuite fait ensemble le tour de la bibliothèque. Le connard lui expliquait des choses en japonais et le diplomate avec la gueule pas possible, il hochait la tête à chaque fois. Finalement, ils se sont plantés en face de moi comme s'ils se trouvaient au Guggenheim devant la dernière œuvre de Damien Hirst.

– Ça ne vous dérange pas si nous continuons en français ? Mon invité ne comprend hélas pas aussi bien le japonais qu'il le voudrait et je tiens à ce qu'il ne se sente pas à l'écart.

– Absolument, c'est normal, tout ceci le concerne de près.

Là, tous les deux, ils sont longuement entrés, paragraphe après paragraphe, dans les détails de cette histoire à la con. Il lui a bien expliqué tout ce qu'il m'avait fait et les raisons pour lesquelles il l'avait fait. Ils tirèrent les livres de la bibliothèque, les tinrent grands ouverts à la main et ils vociférèrent toute une série de citations à l'appui de leur pédante argumentation. L'ambassadeur, à chaque fois, il y allait d'un « ooooooh » de circonstance plutôt bien envoyé. Il se permit néanmoins, un index musculeux dressé, quelques remarques.

C'était en particulier la fin qui le laissait sur sa faim. Très baudelairien sur ce coup-là, il eut un geste enflammé de la main, il aurait souhaité du Nouveau. De fil en aiguille, tous les deux, ils ne s'occupèrent plus beaucoup de moi. En une grammaticale et funeste dégringolade, de sujet, j'étais devenu objet.

– Bon, il faut que je vous le montre, déclara soudain le connard.

– Avec beaucoup de plaisir, répondit l'ambassadeur avec une courbette assez technique.

XXI

La fleur est le fruit du fumier et le fumier le fruit de la fleur, bref, c'est le bouquet qui se mord la queue

Alors, avec fierté, le connard exhiba à l'ambassadeur son fameux Namiki avec la Chimère qui brillait dessus. Cette Kirin que j'aurais voulu une fois voir tatouée dans mon dos, mais qui avait finalement servi à me travailler les entrailles de littéraire façon. À cette vue, l'envoyé de l'empereur, il s'est incliné encore plus bas.

Il semblait comprendre des choses que personne d'autre ne comprenait, il semblait comprendre des choses que personne d'autre ne comprendrait. Ensuite, avec un respect circonspect, il a pris le stylo-plume dans les mains pour l'examiner sous toutes les coutures. Soudain, passant donc du bestiau mythologique à un petit caillou qui semblait coincé dans sa chaussure, entre la semelle et le talon, un truc déplaisant au possible, il eut l'air un peu embarrassé.

– C'est un peu gênant, mais, vous qui êtes maître en la matière, pourriez-vous prendre Issei Sagawa en stage ? Et quand je parle de matière, bien sûr, je pèse mes mots.

Il demanda cela sans que l'on sache bien si c'était à lui ou à moi qu'il s'adressait. Néanmoins, un brin opportuniste, ce connard qui croyait être ce maître en la matière répondit tout de suite.

– Avec le plus grand plaisir, ma porte lui est grande ouverte. Il n'a plus mangé personne depuis Paris ?

– Non, il est en résidence surveillée à Tokyo et ce crétin n'a même pas terminé sa thèse. Je vous remercie. À présent, permettez-moi, humblement, de contribuer à votre œuvre.

À ces paroles, elles avaient été prononcées d'une voix forte, je me suis drôlement tendu et j'ai très vite fait le compte de ce qui pouvait encore m'être enlevé avec un soin maniaque et nippon. Pas mal de parties, hélas. Cependant, à mon grand soulagement, le diplomate ne s'est pas tourné vers moi.

Avec une brève inclinaison du buste, l'ambassadeur rendit le Namiki au connard et il se tourna vers la petite table avec mes viscères posés dessus pour y déballer le grand paquet qu'il avait apporté. Dedans, au milieu de branchages aux formes compliquées, il y avait effectivement des fleurs d'espèces différentes et de couleurs très vives. Affichant des airs pénétrés, un peu comme s'il effectuait un mystérieux kata dont lui seul détenait le millénaire secret, il enleva sa veste, il portait un costume croisé gris perle avec un col roulé blanc dessous, un truc vraiment pas possible chez nous, et il la posa à l'envers sur le dossier de la chaise.

Visiblement, le coup de l'ouvrier qui n'aime pas les taches, mais plutôt le travail bien fait, c'était international, ça faisait peut-être même partie de l'inconscient collectif cher à Jung, ce Suisse de bonne famille, mais pas de bonne fréquentation.

– Maintenant, Ikebana, déclara l'ambassadeur d'une voix qui venait du ventre et de l'âme à la fois, une voix qui contait, quoi.

Rapidement, comme à l'écoute d'un alizé inaudible et subtil, il a fiché trois ou quatre fleurs dans la motte luisante de mes intestins. Ensuite, après une lente série de mouvements des bras, entre le sémaphore et le torero, bref, sur le fil du rasoir, il a très vite ajouté des branchages tarabiscotés.

Son œuvre à lui tout de go accomplie, avec ses mains qui formaient comme un cadre, les genoux un peu pliés comme l'autre connard juste avant, il a reculé pour la contempler.

– C'est magnifique, tout à fait dans l'esprit de la saison, déclara ce dernier sur un ton châtié de vernissage. Ça ne vous dérange pas si je prends une photo en vitesse pour la partager sur les réseaux sociaux ?

– Ah, non, s'offusqua le gaillard qui bénéficiait d'une incompréhensible immunité diplomatique, non, pas de photo. Ikebana, éphémère comme la vie, éphémère comme la mort. Après, tout détruire, essayer de ne pas oublier. Juste ressentir et garder dans le cœur.

– Bien sûr, je comprends, mea culpa, surtout pas de traces. D'ailleurs, en parlant d'éphémère, j'aurais moi aussi quelque chose à vous offrir. Si vous voulez bien prendre place.

XXII

La cerise sur le gâteau, enfin

Le diplomate, affichant des airs à la fois retenus et réjouis, s'assit, certes, un peu du bout du cul, sur la chaise que l'autre, ce connard qui aimait aller au fond de mes choses, avec l'entrain un peu emporté de celui qui garde une surprise de derrière les fagots, poussa bien contre la table. Ensuite, avec des gestes de danseuse russe en plein lac des cygnes, un moment donc clé, il lui noua serré une grande serviette blanche autour du cou.

Le Japonais, depuis tout petit habitué au jeu du clou qui ne dépasse pas, même d'un chouïa, il a dégluti, pour, en un geste technique pas évident, faire discrètement passer sa pomme d'Adam au-dessus de la serviette. Donc lui, contrairement à Haddock pour la barbe, dessus ou dessous, la question ne se posait pas. Malgré cette gutturale gymnastique, zen à mort, il sut rester de marbre, un marbre qui venait en droite ligne de Carrare.

Son hôte, d'une main fermement tendue, il lui désigna alors les fières initiales qui ornaient ce plastron dont il l'avait à la bonne franquette, mais artistement, paré, K.K. Tout était donc planifié depuis le début, même cette rupture dans le genre littéraire initialement adopté. Devant tant de prévoyance, l'ambassadeur, emporté par l'enthousiasme, se redressant impromptu, se fendit d'une nouvelle courbette.

Hélas, en termes d'angle, il fut trop généreux, ou pas assez calculateur. Pourtant, avec un métier comme le sien, les estimations de toutes sortes, à la louche ou à la petite cuillère, c'était le B.A.-B.A. Bref, en un mot comme en cent, K.K. se fracassa violemment le front contre la table. Néanmoins, avec un tact qui tutoyait les cimes de la bienséance la plus idoine, celui qui l'avait emballé dans ce rempart de tissu blanc qui ne me disait rien de bon, parce que c'était encore moi qu'on allait littéralement bouffer, sûr, il fit comme si de rien n'était. Il ignora même purement et simplement l'incident. Il était pourtant de diplomatique nature.

Après avoir posé devant lui une assiette de porcelaine Meissen aux motifs aussi subtils que bleutés et des couverts aux manches de nacre crémeux, en une experte volte de derviche éprouvé, il se tourna vers un petit réfrigérateur lui aussi dissimulé derrière mes livres. Avec des gestes d'illusionniste au moment décisif, celui où la jolie assistante en justaucorps se voit sectionnée avec le sourire, Mandrake en personne n'aurait pas fait mieux, il en tira un dernier mets.

– C'est sa glande pinéale, susurra-t-il avec des tonalités sucrées, un morceau de choix que je me suis permis de préparer à la manière de chez vous, à peine saisi au feu de bois, avec un peu de sauce soja et de wasabi si le cœur vous en dit. Bon appétit, *doso*.

Tous les deux, comme une nature morte d'un autre temps, elle aurait été peinte par Bosch, gravée par Yoshitoshi, ils sont restés penchés sur cette portion de moi minuscule, mais sans doute goûtue. Malgré toute la cérémonie dont l'atmosphère était empreinte, je ne pus m'empêcher d'élever la voix.

– Dans l'assiette, c'est à moi, l'espèce de petite fraise des bois ?

– Mais oui, c'est à toi, il m'a répondu, agacé, sinon, ce serait un hors sujet, un gros, avec un zéro gribouillé en rouge en haut de la feuille.

– Ah, je ne pensais pas qu'elle avait cette forme, la glande pinéale, en vrai.

– Tu veux dire que tu ne réfléchis pas avant d'écrire ? C'est bon à savoir… Bref, donc, je te rappelle que cette glande est dite pinéale parce qu'elle a justement la forme d'une pomme de pin. Elle se situe dans le cerveau, pile au milieu. C'est le troisième œil, en quelque sorte, enfin, ça, c'est une autre histoire.

– Ah, c'est donc ça, cette drôle de fraîcheur à l'intérieur de mon crâne ?

– C'est ça.

– C'est parce que tu m'as ouvert la tête et remué les méninges ?

– C'est ça. En ce moment même, les parois de ton crâne écartées, elles te font comme une fleur d'os au-dessus de la tête. C'est d'une esthétique plutôt radicale, fais-moi confiance, mon vieux.

– Ah, alors au temps pour moi.

– C'est ça, au temps pour toi, maintenant, tu es gentil, tu la fermes.

Nous venions de terminer cet échange, il avait été à la fois piquant et doux-amer, lorsqu'un toussotement se fit entendre. L'ambassadeur avait sans délai liquidé son plat, remis sa veste et se tenait sur le départ. Après une série de considérations, elles furent tant d'ordre culinaire que protocolaire, il faudrait voir pour la suite, j'entendis in extremis « épreuves « et « bon à tirer », le diplomate japonais tira sa révérence pour calter avec la grâce et la fermeté des grands de ce monde.

Il y eut alors un long moment de silence. Les choses tiraient à leur fin, la conclusion était proche, et c'était comme s'il éprouvait des difficultés à mettre le point final. Que ferait-il après ? Errerait-il, désœuvré, désormais sans but à poursuivre, enfermé dans cette petite bibliothèque en l'attente d'un nouveau tome ou d'une réédition au format club ? Prendrait-il au contraire, en un tour de force à la fois littéraire et narratif, des vacances sans doute bien méritées pour aller se changer les idées dans un coin du monde peu fréquenté comme, par exemple, la Gaspésie ?

Il y eut du flottement. Il y eut de l'incertitude. Personne ne viendrait dire le contraire et c'est avec un embarras évident qu'il déclara un peu fraîchement :

– Bon, on ne va quand même pas faire de vieux os, hein. Je ne te cache pas que j'ai d'autres chats à fouetter, tu t'en doutes.

C'est alors que la porte dans la bibliothèque s'ouvrit sans qu'on y eût frappé avant et que toute une smala se précipita bruyamment dans la petite pièce en flanquant par terre une entière rangée de livres.

XXIII

Et ils vécurent heureux et patati et patata,
en tout cas, à moins d'un pavé profond dans la mare,
ils étaient bien partis pour faire comme si

Tandis qu'il affichait des airs à la fois amusés et gênés, douloureusement, inexorablement, la stupéfaction la plus pure et la plus violente s'empara de moi tout entier.

« Allons, allons, chut, chut, papa n'a pas terminé, un peu de patience, voyons » disait-il doucement à la cantonade, tentant, sans réelle conviction de juguler les bonds et les cris des enfants qui couraient dans tous les sens. Sans prêter attention à tout ce sang et à toute cette chair de force répandus, ils tripotaient tout ce qui passait à portée de leurs petites mains pleines de doigts, comme le disent parfois les grands-mamans si férues d'expressions mignonnes.

Il venait à peine de ramener un certain calme, lorsqu'une femme d'une immense beauté entra à son tour. Elle était grande, majestueuse, sereine. Elle était enceinte. Aussitôt, avec ce monde à venir qu'elle transportait devant elle, elle passa ses bras ornés de lourds bijoux autour de lui. Comme une rivière en crue, ce furent d'abondantes larmes qui coulèrent alors du seul œil qui me restait. Je ne m'attendais pas à ce coup-ci. Un véritable coup bas. J'imagine que j'aurais pourtant dû.

À ce moment-là, j'eus l'impression que l'espace se contractait tout entier. Tout se resserrait autour de moi. Je me sentis comprimé, écrasé par une force qui me dépassait, une force qui me pressait de tous les côtés à la fois. Et, au loin, et, ailleurs, et ici, je crus entendre comme un cri d'une puissance sans pareille. Un cri de douleur et d'attente qui transperçait les dimensions. Un cri primal.

– Mon amour, lui dit-elle tendrement, douloureusement, je suis désolée, ils étaient tellement impatients de voir leur père. C'est Noël, il faut faire preuve d'un peu de souplesse, non ?

– Bien sûr, ma chérie, j'avais presque terminé, répondit-il, débonnaire en diable, à la femme romanesque et sublime que j'avais épousée il y a sept ans, cette femme qui venait de pousser ce cri à nul autre pareil.

Il se tourna vers moi et haussa les épaules avec un air à la fois désolé et conquis, genre, les nanas, mon gars, tu sais ce que c'est, impossible de lutter.

– Voilà, mon vieux, ce n'était pas prévu dans le scénario, mais je te présente mon épouse et mes enfants, me dit-il alors avec un clin d'œil bien appuyé.

La sidération, une certaine fascination aussi, peut-être celle que Victor Frankenstein avait éprouvée devant son œuvre qui prenait le pas sur lui, me laissant muet, il poursuivit, les coudées franches.

– Ah, la grammaire et ses subtils glissements. Un déterminant possessif change et votre monde tout entier est dépeuplé, non ?

Après, moins lamartinien, il me fit de nouveau le truc éculé du rire qui n'en finissait plus avec les morceaux de métal rouillés frottés les uns contre les autres.

Moi, j'avais bien eu le temps d'observer leurs roucoulades à deux balles et une colère à la fois brusque et désespérée enfla soudain démesurément dans ce qu'il restait de moi.

– Ton épouse, connard ! Tes enfants ! Mais connard ! Mais salaud, rien ne me sera donc épargné ? C'est ma femme à moi ! Ce sont mes gosses à moi ! Je l'ai épousée ! Je les ai faits ! Tu m'auras donc tout enlevé ?!

Là, ce fut comme si, d'un seul coup, j'avais cessé d'écrire et envoyé valser au loin la table sur laquelle, le visage travaillé de lumière et d'obscurité à la fois, je mettais la main à la pâte. Tout le monde arrêta de gesticuler. Tout le monde arrêta de se faire des câlins mouillés. Tout le monde laissa tomber la grammaire et ses irritantes finesses pour, sur un rang, me considérer comme le dernier, ou le premier, ça jouait aussi, des demeurés.

– Ma chérie, mon amour, c'est moi, ton mari, mais qu'est-ce qu'il se passe ? C'est une farce, c'est ça, c'est un poisson d'avril que tu me fais pour Noël ? Oh, mais tu sais, ma chérie, si c'est ça, je m'excuse, mais ce n'est pas drôle.

En me considérant alors avec des airs très étranges qui naviguaient sur son beau visage lui aussi en travail, son visage lui aussi éclairé par une sourde obscurité, ce visage vers lequel je m'étais ces derniers temps de moins en moins tourné, elle m'a enfin adressé la parole d'une voix sombre.

– Mais ce n'est pas ce que tu voulais ? Passer tout ton temps avec lui ? Qu'il prenne toute la place ? Eh bien tu vois, je t'ai aidé à accomplir ton souhait jusqu'au bout. Désormais, c'est fait. Il occupe bel et bien toute la place. La tienne, en l'occurrence, me déclara-t-elle avec les mains posées bien en évidence sur son ventre.

À ce moment-là, j'eus l'impression que l'espace se contractait tout entier. Tout se resserrait autour de moi. Je me sentis comprimé, écrasé par une force qui me dépassait, une force qui me pressait de tous les côtés à la fois. Et, au loin, et, ailleurs, et ici, j'entendis comme un cri d'une puissance sans pareille. Un cri de douleur et d'attente qui transperçait les dimensions. Un cri primal.

– Mon amour, je lui dis très vite sans chercher à comprendre l'évidence, on devait partir en vacances. Rome, en amoureux, tous les deux.

– On vient d'aller à Rome, je te l'ai dit tout à l'heure, tu es bouché ou quoi ? a précisé le connard d'un ton sec en croisant les bras haut sur la poitrine. Maintenant, c'est trop tard, imbécile, elle est sur le point d'accoucher, tu vois bien. Tu n'as vraiment pas les yeux en face des trous, c'est un monde, ça quand même.

Elle, elle n'a rien ajouté. Simplement, les mains toujours sur le ventre, elle a reculé d'un pas et elle s'est mise un peu derrière lui en continuant à darder sur moi un regard que

Nyarlathotep, le Chaos Rampant, l'impitoyable et immonde messager des Dieux Extérieurs en personne aurait aimé être capable de darder. Clairement, elle n'était pas très contente.

– Les enfants, j'ai alors dit comme un con pas très en verve côté punchlines, les enfants, c'est papa, je suis content de vous voir, vous savez.

Ils n'ont rien dit non plus. Ils se sont juste rapprochés les uns des autres en me regardant, eux, avec de grands yeux de faons perdus dans la forêt des possibles et des impossibles.

– Tes enfants, tu dis que ce sont tes enfants ? Mais ce n'est pas parce qu'ils viennent de ta graine que ce sont tes enfants, mon vieux. Être père, c'est faire. Être père, c'est de la présence. Être père, c'est de l'écoute, pas la sourde oreille au quotidien qui toque à la porte, lui, plus souvent qu'à son tour, pas juste le dimanche.

Ignorant délibérément son intervention pontifiante genre « Pascal le grand frère de pacotille », j'ai continué :

– Les enfants, c'est papa, c'est moi. Vous avez déjà ouvert vos cadeaux de Noël, hein ?

Toujours en silence, ils ont encore reculé pour venir se coller contre leur mère. Elle a posé les mains sur leurs petites épaules et elle les a serrés contre elle, contre ce ventre rond comme le monde que je n'avais pas suffisamment observé croître.

– Mon vieux, je te remercie pour cette transition, bravo, tu aurais dû faire de la télé ! Parce que, comme tu peux le voir, l'écriture, ça te fait du mal.

Il s'accroupit devant les enfants et les prit à son tour dans ses bras. Après une longue étreinte, il les embrassa chacun sur le front, puis il se redressa avec entrain.

– Mais oui, les enfants, c'est Noël !

Alors tous, d'une seule voix pleine d'enthousiasme, ils s'écrièrent : « C'est Noël ! Il est né le divin enfant, jouez hautbois, résonnez musettes, il est né le divin enfant, chantons son avènement ! »

Le barnum, insensé, était à son comble.

XXIV

Ce n'est que…

Elle, s'inclinant en travers de la porte avec grâce, une main sous le ventre, comme suspendue sur la pointe d'un pied qu'elle avait superbement cambré, elle appela :

– Nestor, Nestor, descendez donc les cadeaux, vous voulez bien ?

Pendant ce temps, lui, avec la dextérité du type qui n'en est pas à son coup d'essai, loin de là, il a rapidement enfilé une combinaison de plastique transparente et un masque de soudeur qui collait bien à sa gueule désormais complètement débarrassée de toute trace de mon sang, sa gueule désormais évidemment copie conforme de celle que je voyais dans le miroir chaque matin.

Ce connard, trait pour trait, c'était moi.

Muni d'une scie électrique portative Black & Decker qu'il fit tourner à plusieurs reprises dans le vide, en une saccadée mélodie peu mélodieuse qui sonnait le tocsin, après avoir exécuté sur toute la longueur de la bibliothèque un *moonwalk* d'école agrémenté de quelques pas de danse droit sortis de l'inoubliable chorégraphie de « Thriller », il se dirigea vers moi, visiblement décidé à en finir et à débarrasser les restes au compost.

C'est ici que les Athéniens s'atteignirent, je me suis dit, c'est la croisée des chemins, mais hélas les esprits, les grands et les petits, ne se rencontrèrent pas. Après m'avoir filé, très appliqué, deux ou trois claques sérieusement liftées pour la route, il m'ouvrit brutalement la bouche et me fourra soudain une grosse chrysalide de papillon sous la langue.

– C'est pour après, si tu en es capable, si tu en trouves la force.

Mon épouse, après avoir fait sentir aux enfants le futur membre de la famille qui s'agitait en elle comme un beau petit diable, « c'est pour tout bientôt, c'est pour ce soir, ça va venir » avait-elle dit en leur caressant la tête de ses belles mains dont, longtemps auparavant, j'avais souvent baisé les paumes en la remerciant d'avoir fait de moi un père et un mari, comme dans une publicité pour une assurance-vie qui garantissait l'éternité à bon conte, elle disposa les cadeaux des enfants sous le sapin.

Lui, en revanche sans me caresser la tête ou chercher à me garantir l'éternité plus que ça, il se mit, taillant une fois encore dans le moins en moins vif, à me scier la poitrine. Visiblement, sa Black & Decker était de première qualité, sans doute du matériel bien entretenu, parce que ça ne lui a pas pris plus de quelques secondes pour me dépecer tranquillou le thorax et me sectionner chacune des côtes avec mon épiderme en charpie et des esquilles d'os qui giclaient tout autour en une sanglante, mais esthétique, guirlande de vie et de mort.

En tirant d'un coup sec sur le sternum, il m'ôta le dessus de la cage thoracique comme un couvercle qu'il jeta négligemment. Ensuite, il dit quelque chose que je ne compris pas. Ce connard, peut-être la faute à trop d'euphorie, il mâchait ses mots.

Il sortit son Namiki et, pure intuition de ma part, j'ai aussitôt compris que c'était la dernière fois que je le voyais accomplir ce geste, dégainer son stylo-plume japonais adoré avec les mouvements alambiqués qu'il affectionnait tant. Avec, après avoir inspiré un bon coup, il a très vite tailladé les veines et les artères qui reliaient mon cœur à mon corps. La potence avec le NaCl dessus pour ménager la chèvre et le chou, c'était donc fini.

Désormais, il ne s'agissait plus de faire durer le plaisir, mais de terminer, et en fanfare si possible.

Un jet de sang qu'il prit en pleine poitrine le déséquilibra soudain, sans doute mon dernier coup d'éclat. Arrivé au bout du rouleau sur lequel on a écrit tant bien que mal une histoire qui ne tient pas forcément la route, on fait comme on peut pour envoyer la sauce. Glissant sur ses semelles en cuir Venezia de Berluti, il faillit se rétamer, mais, félin plutôt que lupin sur ce coup-là, il sut se rattraper de justesse à mon poumon droit qu'il déchira, en une licence d'auteur aussi ultime qu'imprévue, à moitié. Derrière son masque, je crus l'entendre jurer, puis s'excuser. Néanmoins, il ne perdit pas le nord pour autant.

Tandis que j'agonisais enfin, plongeant ses deux mains dans ma poitrine, s'appuyant d'un pied fermement posé contre ma colonne vertébrale, il m'arracha lentement le cœur.

Oui, c'est ce qu'il fit. Franco, il sortit mon cœur de mon corps.

Après, avec un rictus de vainqueur qui sait ce qu'il veut, survivre coûte que coûte, quelque part entre Conan et Calvero, poétique et barbare à la fois, il l'offrit à ma femme tandis qu'elle battait, cette mécanique de chair, en un réflexe idiot, ses derniers coups. Aussi, pourquoi avait-il tenu si longtemps ? À quoi bon tant d'opiniâtreté ?

À ce moment-là, j'eus l'impression que l'espace se contractait tout entier. Tout se resserrait autour de moi. Je me sentis comprimé, écrasé par une force qui me dépassait, une force qui me pressait de tous les côtés à la fois. Et, au loin, et ailleurs, et ici, devant moi, j'entendis comme un cri d'une puissance sans pareille. Un cri de douleur et d'attente qui transperçait les dimensions. Un cri primal.

À la fois grandie et fragilisée par cette épreuve qu'elle traversait, mon épouse eut alors pour lui un de ces merveilleux sourires. Un de ces sourires dont certaines femmes, pas toutes, attention, ont le secret, celles qui font de leur homme un héros de légende, leur légende. Subjugué par toute cette beauté offerte comme sur un plateau lui aussi laqué, il jeta négligemment son masque et sa combinaison dans un coin de la pièce.

Puis, tous les deux, ils se mirent à danser avec élégance sur une musique qu'ils étaient les seuls à entendre, car elle venait du diable Vauvert, cette musique entraînante, elle venait d'un monde situé derrière les mondes.

Moi, vidé de mon sang, vidé de toute substance, devant ce spectacle dont les véritables tenants et aboutissants resteraient pour la plupart obscurs à jamais, je veux dire, mais comment diable un tel cirque, à part dans un film de Philippe de Broca, était-il possible ? Le stylo-plume, pourtant orné de signes de bon augure, étincelait, hiératique, goguenard, au milieu de la table. Il ne me restait rien à quoi m'accrocher. Rien, que dalle.

C'est alors que la plus petite d'entre nous me sauva la vie. C'est souvent comme ça dans les contes, mais pas dans les comptes. C'est le plus fragile qui sauve la mise au dernier moment. C'est le plus fragile qui retient l'univers vacillant au bord de l'abîme qui le convoque.

XXV

... le commencement

– Papa, pourquoi tu ne nous racontes plus d'histoires ? me demanda ma fille de trois ans, ce petit ange merveilleux à la langue bien pendue, ce petit ange merveilleux planté, les yeux grands ouverts, devant mon corps méchamment martyrisé.

Il y eut alors un temps qui passa.

Un temps qui passa comme si je n'étais plus qu'une balle de chair mise à mal et d'humeurs noires d'encre, une balle couverte d'écrits qui allait rebondir au fond du plus insondable, du plus vertigineux des gouffres. Celui qui s'ouvre, béant, au cœur de chacun d'entre nous.

– Je crois que je ne te raconte plus d'histoires parce que j'en écris, des histoires.

– Alors, raconte-moi une histoire maintenant, papa ! me répondit-elle aussitôt. Regarde, j'ai reçu *le Chat Botté* pour Noël.

De son petit bras, sur la pointe des pieds, elle tendait vers moi un beau livre qui, lui, ne traitait pas de cuisine extrême, non, c'était un recueil de contes illustrés.

J'ai regardé mon cœur posé dans la main de mon épouse qui tournait, la tête renversée en arrière dans les bras de ce connard fabuleux auquel j'avais fait tout ça, assis sur ma chaise, mot à maux, phrase après phrase, sans me soucier d'un improbable retour de stylo.

Il battit son dernier coup.

Je pris une dernière respiration.

La balle de chair mise à mal, au fond du gouffre, elle s'écrasa.

La balle de chair avec les écrits dessus, au fond du gouffre, elle prit son

élan.

Alors, avec le souffle qui me restait, alors, avec le souffle que je reprenais, dans une prodigieuse exhalaison, je me mis à raconter *le Chat Botté* à ma fille. Je me mis à lui raconter cette histoire à la fin de laquelle l'ogre est à son tour dévoré. Trouvant ainsi la force de réfréner l'inéluctable dont je sentais pourtant la main squelettique tout contre ma nuque, me libérant peu à peu de liens que j'avais sans doute, dans ce fabuleux aveuglement de l'écriture qui donne tant à voir, moi-même tressés, je me suis agenouillé à côté de ma petite messie, *my own personnal Jesus*. Elle venait de prononcer l'abracadabra qui annulerait l'Avada Kedavra à rallonge que l'autre connard m'avait jeté.

En fin de conte, c'était la fille qui sauvait le père.

Assis tous les deux sur le sol de cette bibliothèque, théâtre d'événements qui ne me laisseraient pas indemne, je lui ai dit les aventures de ce petit félin qui avait plus d'un tour dans son sac. Tandis qu'elle appuyait sa tête contre moi en suçant son pouce pour écouter l'histoire, j'ai fait bien attention de ne pas la tacher de mon sang.

En mon for intérieur, au fur et à mesure, je sentais la chrysalide que ce connard avait déposée dans ma bouche grandir, se développer et étendre ses ramifications salvatrices dans mon corps tout entier. Celui qui voulait ma male mort, en définitive plutôt bon prince que grand méchant loup, c'est de justesse la renaissance qu'il m'avait offerte.

Un don inattendu, mais qui tombait bien.

– Et puis après, ils ont eu des enfants ? m'a encore demandé ma petite.

– Oui, ma chérie, ils ont eu des enfants, je lui ai répondu en levant les yeux sur mon épouse qui, soudain, ne dansait plus, mon épouse qui, soudain, me regardait de nouveau, mon épouse que, soudain, je regardais de nouveau.

– Ah, fit-elle en posant une main sur son ventre tendu à l'extrême, sur son ventre qui se durcissait sous la puissance inouïe des contractions, c'est bien de t'en souvenir, c'est un peu la dernière qui sonne, enfin, vaut mieux tard que jamais, paraît-il.

Pâle, mais radieuse, elle s'écarta légèrement de mon tortionnaire attitré avec lequel elle avait pourtant bien valsé et s'avança vers moi, mon cœur encore tiède qui ne battait plus à la main.

– C'est donc à un coup de théâtre que nous assistons, c'est bien ça ? ricana ce connard qui n'était en définitive pas le maître d'œuvre de toute cette sinistre histoire, mais son simple exécutant, ni plus ni moins.

– C'est bien ça, je lui répondis en me redressant.

– Finalement, quand j'ai dit qu'il n'y aurait pas de Deus ex machina pour venir te sauver, je me trompais ? poursuivit-il avec un soupçon d'amertume dans la voix.

– Exact.

– Sauf que le Deus ex machina, en fin de conte, c'est toi.

– Exact.

– Maintenant, ça va encore être pour ma gueule, j'imagine ?

– Disons que tu vas te barrer, oui, pour de bon, je lui ai répondu d'une voix plus dure que je ne l'aurais souhaité, après tout, nous avions marché de concert le long de voies de traverses bizarres et prodigieuses pendant trois livres pleins de joie et de déraison.

On s'est tous les deux avancés l'un vers l'autre. Lui, il était impeccable dans son costume trois-pièces. Moi, j'étais à poil comme un con avec le bide ouvert à tout vent. Je lui avais tout donné. Il m'avait tout pris. Il était temps de lui rendre la monnaie de sa pièce, à ce connard que j'avais fait comme ça, pris d'une étrange inspiration.

Entre nous deux, il y avait juste la petite table avec mes entrailles désormais froides et plus très brillantes posées dessus. D'un geste désinvolte, j'ai envoyé balader au loin les fleurs et les huîtres avec les mystérieux papiers qui y étaient embarqués. Cruciaux ou pas, ils ne seraient finalement pas déchiffrés.

– Je vais reprendre mes cliques et mes claques, si ça ne te dérange pas, je lui ai annoncé, à présent très sûr de moi.

– C'est ça, fais donc, tu peux même garder le stylo, on ne sait jamais, me répondit-il sur le même ton en poussant lentement le Namiki vers moi, comme on avance sa pièce maîtresse une dernière fois pour un ultime coup de Jarnac.

J'ai ramassé mes boyaux, cet amas de bidoche peu ragoûtant, et je me les suis tranquillement fourrés dans la cavité abdominale pendant qu'il me jaugeait, narquois. Soudain, il se saisit la tête à deux mains.

– Mais quel con, quel con ! J'ai oublié pour ton braquemart ! Il fallait aussi que je te l'empaille ! Tu m'avais pourtant bien parlé de ton nœud.

– Trop tard, mon vieux, j'ai gloussé.

– Trop tard, hein. Alors, le tour est joué, il m'a fait avec une drôle de grimace.

J'ai senti des larmes venir. J'ai su les ravaler. C'était difficile, cependant, à tort ou à raison, je me suis dit qu'entre hommes, on se devait de ne pas chialer. Alors j'ai simplement répondu.

– Oui, le tour est joué.

Les deux, on s'est regardé en silence. Lui tout seul de son côté, les mains dans les poches, avec cette muraille de livres en séries de trois derrière lui. Moi avec mon épouse, ma fille et mon fils serrés contre mon corps mis à l'œuvre, et les mains encore en train de tâtonner pour pousser dedans les bouts d'intestins qui rebiquaient. Lorsque ce fut chose faite, j'ai décidé de lui parler sans fards.

– Tu es mon exorcisme.

– Tu es ce dieu qui va, mort et vivant en moi.

– Tu es ma créature, mon avatar, tu es mes romans.

À chaque fois, il a hoché la tête comme un mec qui approuve, mais qui garde un chien de sa chienne en réserve, un gros pas bien dressé.

– Tu es mon autre haï, tu es mon autre chéri, je lui ai encore dit.

Cette fois, il a dressé un sourcil et fait son truc avec la bouche en cul de poule.

– Je t'aime, oui, je t'aime, mais il est temps de te conjurer, j'ai ajouté pour terminer.

– Donc, en définitive, me répondit-il enfin, Louis Armstrong, James Bond, c'était du flan ? *« We don't have all the time in the world »* ?

– Non, ça, c'est nous qui avons tout le temps du monde, je lui ai rétorqué en serrant les miens contre moi.

Il a haussé les épaules, puis avec une drôle de grimace, il a ri longuement comme si c'était lui qui m'avait joué un bon tour, un tour franchement pendable.

Il a rigolé jusqu'au bout comme si tout cela n'était qu'une farce qui ne menait à rien alors que c'était de ma vie, de ma mort et de ma renaissance qu'il s'agissait, rien de moins.

– Allez, mon vieux, c'était bien, vraiment, sans rancune et ciao ! il m'a lancé à brûle-pourpoint en claquant des doigts.

– C'est ça, ciao, connard.

Derrière moi, là où il était parti fouiner sans relâche, derrière le pilori de papier sur lequel j'avais mis en scène mon supplice, ma révélation, un voile immense était sur le point d'être déchiré. Entre ses pans vertigineux, la lumière éblouissante du soleil levant filtrait en un aveuglant trait de clarté nouvelle.

Alors mon épouse, secouée par ce bébé qu'elle était sur le point de mettre au monde, secouée par ce bébé qui entendait lui aussi voir ce jour neuf, secouée par ce bébé qui était aussi ce jour neuf, elle m'embrassa tout entière tout entier en reposant du même coup, en un geste pas très chirurgical ma foi, mon cœur dans ma poitrine qui béait.

Alors, avec un salut à la fois nonchalant et provocateur, après une virevolte de danseur consommé, très classe, mon connard s'esquiva entre les livres.

Alors ma fille, ma petite sauveuse, fascinée par son éclat obscur et fabuleux, s'empara du stylo-plume décoré de chrysanthèmes et de paulownias qui étincelait telle une gemme fantastique.

Alors avec cet objet de pouvoir pas comme les autres,

tandis que mon épouse s'accroupissait en poussant,

tandis que le voile se déchirait,

tandis que cette clarté nouvelle nous enveloppait tous, coulée de lumière dont chaque reflet était un jour neuf avec des serments dedans,

sur un papier qu'elle avait trouvé dans une huître, elle dessina un tout petit bonhomme.

Elle dessina un bébé, un être juste né en costume trois-pièces. Juché sur un cheval de Troie, en ricanant, il tordait un long serpent pour que sa gueule garnie de crocs recourbés mordît sa queue avec les sonnettes qui y tintaient à toute volée,

comme si, soudain, c'était Noël et Pâques en même temps.

Elle nous a regardés, elle a dit :

– Il était une fois… Tom

Cette petite histoire – ce compte qui déconte –,
a été écrite dans le cadre de l'atelier d'écriture
« Marcher sur la queue du tigre »
donné par Philippe Djian
à la Maison de Rousseau & de la Littérature
à Genève,
alors en fin de conte,
je tiens donc à le remercier lui, chaleureusement,
Philippe Djian, qui, avec Échine *ou* Lent dehors,
y est pour beaucoup dans mon désir
de devenir écrivain,
ainsi que tous les ateliants, Françoise, Sylvie,
Cécile, Céline, Ludivine et Valérie,
Pier Paolo, Tomas,
Denis et Yann.

Avec le soutien
de la République
et canton de Genève.

Du même auteur

Éditions la Baconnière
Genève, Suisse

Cette malédiction qui ne tombe finalement pas si mal, roman brutal et improbable 2013

Solal Aronowicz : une résistance à toute épreuve… faut-il s'en réjouir pour autant ?, 2014

Solal Aronowicz. Holocauste, 2015

Achevé d'imprimer sur les presses de
la Nouvelle Imprimerie Laballery
à Clamecy en février 2016.
Dépôt légal : mars 2016.
Numéro d'imprimeur : 602071
ISBN 979-10-91416-44-3
Imprimé en France

Réalisation de la couverture : Julien Vergne
Composition : INGED, L'Ingénierie Éditoriale